ペテン師ルカと黒き魔犬

The Imposter Luca and a black Monster

上

presented by
Riri Shimada
illustrated by
Machi

縞田理理
イラスト——まち

ペテン師ルカと黒き魔犬 上

Contents

ステラ・カヴァリエリ
マテオの双子の妹。
外見も性格もマテオに瓜二つ。
マテオ・カヴァリエリ
ダルジェント共和国の名門貴族・
カヴァリエリ家の若き当主。
敏腕で、共和国内の政財界に
多大なる影響力を持つ。22歳。
サーロ
ルカが旅の途上で出逢う小犬。
真っ黒な毛皮の中で、
尻尾と足の先だけが
靴下をはいたように白い。
人になつかない。

Character

ルカ・フォルトナート

遍歴の学生と称し、偽薬を売りながら、
父を殺した仇と先祖伝来の魔術書を探す青年。
生まれつき《力の術》を持つが、
うまく制御することができない。22歳。

ロレンツォ・グリマーニ

ステラの婚約者。完璧な美男子。

ベアトリーチェ・パルマ

マテオの婚約者。絶世の美女。

ミケロット

マテオの従者にして友人。

イラストレーション／まち

ペテン師ルカと黒き魔犬

1. 僕たち、似た者同士かもな

ルカ・フォルトナートは居酒屋の外ベンチに座り、水で割った赤ワインをちびちび飲《や》りながら周囲の様子を窺った。農作業を終えた村人たちが夕風に吹かれながら安酒で一日の労働の疲れを癒《いや》している。オリーブの枝が乾いた地面に長い影を作り、教会の鐘が夕刻を告げたが、夏の日没は遅くあたりはまだ昼のように明るい。

ルカの商売にはもってこいの時と場所というわけだ。

何気ない世間話を装《よそお》って、隣の男に話しかける。

「この村の人？　景色がよくて気持ちの良いところですね」

「ああ。何もかもミストラさまの思《おぼ》し召《め》しさ」

「全く。ミストラの神に感謝を」

神の慈愛に思いを馳《は》せるかのように言葉を切る。

「僕は遍歴《へんれき》の学生なんだけど、ミストラ神のご加護《かご》で素晴らしいものを手に入れたんだ。遍歴の途中で出会った高名な医師に何にでも効《き》く万能薬をわけてもらったんだよ。一般には販売していないそうなんだけど、特別にね」

「その薬は何に効くんかね」

向かいの男が待ちきれないように訊ねる。こうなればしめたものだ。

「それは万能ですからね、何にでも効きますよ。頭痛、胃のむかつき、腹痛、眩暈《めまい》、神経痛、呑み過ぎ、打ち身、肝臓の痛み……ここだけの話、夜のあっちにも！」

周囲のあちこちから笑いが漏れる。

いつの間にか、周囲に人だかりが出来ていた。

「婦人病には？」

「水で薄めたワインに溶かして飲む」

「歯痛は？」

「痛いところに直接詰めれば効果てきめんですよ」

「ガキの夜尿《やにょう》にも効くんかね」

「もちろん」

ルカはにっこり笑った。

この笑顔にはかなり自信があった。ご婦人方にも、父親くらいの年配の男性にもだ。

全体に線が細いから二十二という歳より若く見えるし、高い頬骨とほっそりした顎《あご》はルカを知的で育ちの良い若者に見せるのに一役買っていた。光の加減で鋼《はがね》色にも見える金髪と、大きな翡翠《ひすい》を思わせる緑の瞳のせいで絵に描かれた天の御使《みつか》いのようだと言われることもある。

もっとも、ルカはこの髪の色が嫌いだった。

愚者《ぐしゃ》の黄金と呼ばれる黄鉄鉱《おうてっこう》の色に似て見えるから。つまりは偽物の黄金の色なのだ。

「もしよかったら、一袋一リラでわけてさしあげますよ」

「そりゃあ高すぎる」

「一袋には二十粒入ってます。一粒にしたら、たったの一ソルドですよ」

「一粒で売っとくれよ」

「それは駄目です。なんなら何人かで共同で買っては？」

村人たちは思案顔で互いを窺っている。何ソルドまでなら出してもいいのか、何人で分けたら取り分は何粒なのか必死に頭を働かせて考えているのだ。

あと一押しだ。

一リラあれば安宿に泊まれる。二リラあれば、食事付きの良い宿に泊まれる。

巾着《きんちゃく》袋《ぶくろ》から黒い丸薬《がんやく》を取り出し、立ち上がって聴衆にかざす。

「今なら一粒多くおつけして……」

そのときだった。一人の男がうめき声をあげ、胸を押さえて蹲《うずくま》ったのは。

「トニオ、どうしたんだい」

「暑気あたりだろう。今日は暑かったからな」

「トニオは心の臓が弱いからな」

男の女房らしい女が背中をさする。男は唸《うな》りながら、崩れるように長々と地面に横たわった。

「あんた！　あんた！　大丈夫かい……？」

大丈夫どころではなかった。倒れた男は白目を剝《む》き、口から泡を吹いている。顔の色はどす黒く、唇は熟《う》れた葡萄《ぶどう》のような紫だった。女房が必死の形相《ぎょうそう》で叫ぶ。

「学生さん！　その丸薬をひとつおくれ！」

「あの……一リラ……」

「あとで払うから！　お願いだよ、はやく！」

「は……はい！」

女の気迫に押され、見本に使っていた黒い丸薬を一粒手渡した。女がすばやく亭主の口に含ませる。村人たちは固唾《かたず》を呑んで注視している。万能薬が効き目を現すのを今か今かと待っているのだ。

病人に変化は現れない。

ルカは逃げ出したくなった。

効くはずがないのだ。あの丸薬が万能薬だなんて真っ赤な嘘、そこらに幾《いく》らでも生《は》えているローズマリーとタイムの粉末に木炭《もくたん》を混ぜて固めただけのものなのだから。

毒にもならないが、薬にもならない。

今のうちに逃げ出そうか……？　この騒ぎに紛《まぎ》れて。

女は日に焼けた頰を涙で濡らして倒れたままの夫にすがりついている。

「あんた……しっかりしとくれ……！　あたしを置いて逝《い》かないでおくれ……子供たちはまだ十にもならないんだよ……！」

逃げ出しかけた足がゆっくりと止まった。どうせ逃げて捕まったら、袋叩きなんだし……。

男の女房の方にくるりと向き直った。

「おかみさん。僕に看《み》させて下さい。医師免許はまだだけど、医学の知識はあるんです。何とか出来るかもしれません……」

「学生さん！　お願いだよ！　トニオを助けて！」

倒れている男の傍《かたわ》らにひざまずき、心の臓のあたりに手をあててみた。身体が細かく痙攣《けいれん》し、どくどくと脈打つ筈《はず》の鼓動はまったく響いてこない。

本物の医学生じゃなくても分かった。これは暑気あたりなんかじゃない。心の臓の発作だ。

このままじゃ本当にこの男は死んでしまう。なんとかしなければ。なんとかしなければ……！

「みなさん、少し後ろに下がってください」

男の女房は両手を固く組んでミストラの神に祈っている。

そうだ。祈ってくれよ、僕がうまくやれるように！

うまくやれる保証はないし、うまくやれたらやれたで面倒なことになりかねないが、それでも目の前の男を助けることが先決だった。どっちにしても面倒なら、助けた方がいい。

精神を集中し、自らの意識の奥深くに手を伸ばす。

（来い。目覚めるんだ……）

長いこと試《こころ》みていなかったにも拘《かか》わらず、ルカの中に在《あ》る絡《から》み合《あ》ったバネのような何かは即座に呼びかけに反応した。

瞼《まぶた》の裏で縦横無尽《じゅうおうむじん》に金色の光が跳ね回る。

来た……！

これがルカが生来持っている《力》だった。

やったぞ……ここまでは順調だ。

そっと瞼を伏せる。

《力》を使う瞬間、周囲で見守っている連中に瞳を見られると拙《まず》いのだ。

《力》よ、《探索》の形を取れ……！

跳ね回っていた《力》が《探索》の形に変わる。

掌《てのひら》がぼわりと光り出した。この光を他人に見られる心配をする必要はない。ルカにしか視《み》えないからだ。ルカと同じ《力》を持っていれば視えるのだろうが、今まで自分と父以外にこれが視える人間に出会ったことはなかった。

だが、《力》を揮《ふる》う瞬間、伏せた瞼の奥の瞳はこの光と同じ金色に染まる。絶対に他人に見られてはならない。

瞼を伏せたまま男の胸に両手を軽く当てる。

指先から幾筋もの金色の光がうねうねと流れ出し、奔流《ほんりゅう》のように男の胸の中に潜《もぐ》り込《こ》んでいく。

心の臓。どこだ……？

男の胸に当てた掌に何かが感じられた。瀕死《ひんし》の状態でぴくぴく痙攣する筋肉の塊《かたまり》だ。これが心の臓だとわかった。でたらめに震え、血を押し出そうとはしない。

何が悪いんだ……？　《探索》で心臓に触れる。薄く閉じた瞼に像が結ぶ。

血の塊だ。この塊が流れを阻害《そがい》しているのだ。

これを取り去れば、心の臓は動くかもしれない。

ルカは胸の肉と衣服を通して掌に感じる何かに精神を集中し、淀《よど》んだ血の塊が溶けて流れるよう、《力》の手を使って強く『押し』た。

掌の下で、詰まっていた血の塊が解《ほぐ》れて溶けていくのを感じる。だが、まだ心の臓は動かない。

畜生……！　動け。動け。動け……！

指先から伸びる細い金色の光で男の心の臓の周りをぐるりと囲み、直接《光》を注ぎ込んだ。

どくん。

心の臓が収縮した。

どくん。どくん。どくん。どくん。

男の心の臓は規則的に力強く血液を送り出し始めた。

よし……いいぞ！　その調子だ！

ついでなので喚《よ》び出《だ》した《光》が無くなるまで、全て注ぎ込む。

土気色だった男の顔に血の色が戻り、頬と唇は極めて健康的な薔薇色《ばらいろ》を呈し始めた。

「ふう……もう、大丈夫だよ、おかみさん」

立ち上がり、額の汗を拭う。大成功だ。正直、こんなにうまくいくとは思わなかった。

「ああ、ありがたい……！　学生さん、なんて礼を言ったらいいか……」

男がうっすらと目を開けた。半身を起こし、地べたに座ったまま、わけが分からないといった顔であたりを見回す。

「あんた！　大丈夫かい……？」

「ああ……すっかり痛みが消えた……息も苦しくない……」

「あんた！　あんた……よかった……学生さんが助けてくれたんだよ……」

女房は亭主に取りすがって泣き出した。観衆がわっと声を上げる。

「良かったな、トニオ！」

「今度こそおっ死《ち》ぬかと思ったぞ」

トニオを囲んでいる男たちの一人がこちらを向いて言った。

「トニオが助かったんは、その丸薬のおかげなんかね……？」

一瞬、何を言われているのか分からなかったが、すぐにこの男が万能薬の話を真に受けているのだと気付いた。そう思ってくれるなら、その方がずっといい。

「もっ、もちろんそうですよ！　薬の効き目です！」

「大したもんだ！　さすが万能薬だな！」

「すげえな！」「すげえ効き目だ！」

村人たちは興奮した様子で互いに言い合っている。

これは、うまい具合の話の流れじゃないか？　《力》から目を逸《そ》らせるうえ、薬の宣伝になる。

ルカは丸薬の袋を高々と村人たちの前にかかげた。

「すぐにこの薬を呑んだのが良かったんですよ！　そうでなかったら危なかったです！　僕は、トニオさんの胸をマッサージして心の臓の動きを補助したのですが、薬を呑んでいなかったらとても助けられなかったでしょう！」

最初に訊ねた男が叫んだ。

「その薬、買った！」

「おれも！」「あたしも買うよ！」

村人たちは競《きそ》うように『万能薬』を買い求めた。一袋を数人で分けて買うなどというケチくさいことをする者はなく、一人で二袋買った者までいた。

死にかけていた病人は立ち上がり、ぼんやりと夢見るような顔であたりを歩き回っている。

「あんた、倒れてたんだから無理をしちゃだめだよ！」

「いや。本当に気分がいいんだ。こんな気分が良いのは何年ぶりかわからん……身体が軽い……」

男は両足で地面を蹴《け》って軽く跳び上がった。

楽しそうに何度も何度も跳びはねる。跳ねるたびに、その高さがどんどん高くなっていく。

見ていて、何か拙いことになっているのが分かった。ひどく拙い。

たぶん、やりすぎたのだ。

いや、絶対やりすぎた。というか、何かを間違った。

「駄目ですよ！　トニオさん、そんなに飛び跳ねちゃ。奥さんが心配して……」

「軽いぞ……羽みたいだ！」

さっきまで死にかけていた男は子鹿のように軽やかに跳び上がり——そして降りてこなくなった。

人の背丈ほどの高さに浮いているのだ。ふわふわと。

「あんた……！　どうなっちまったんだい……！」

「わからん……わからんが、えらく気分がいい……」

村人たちはどよめき、口をぽかんと開け、宙に浮かんだトニオを見上げている。

「こりゃあ、たまげた……！」

「いったいぜんたい、どうなってんだ」

「あの薬を呑んだせいじゃねえか……？」

「そうだ、ありゃあ魔法の薬だったのかもしんねえ。何にでも効くなんて、考えてみりゃ話がうますぎる」

「まさか！　そんなことないですよ！」

「けど、トニオが浮いたのは、魔法としか思えねえ」

「魔法だ」「魔法だあな」

何人かは人さし指と中指を交差させている。

そうすることで、悪魔除《よ》けのまじないになると信じられているのだ。もちろんそんなものに効き目がないことは、ルカの丸薬が効かない以上に明白なのだが。

「だいたい、そんなすげえ薬なら、なんで普通に売らねえで、こっそりわけたりしてるんだ？」

「薬をわけてくれた先生は、医師・薬種同業組合《アルテ》から追放されているんですよ。だから、自分で薬を売るのは違法で……」

「その同業組合から追放されてる医者ってのは、いったい誰なんだ?」

「名前は言えません……」

「なんで言えねえんだ?」

設定を考えていなかったからだ、とは言えない。

「……せ、先生に、迷惑がかかるからですよ!」

村人たちは微妙な表情で顔を見合わせている。信じていないのは明らかだった。疑り深い、探るような眼差しがルカと薬袋に交互に注がれる。さっきまで万能薬に群がっていたのが、いまは悪魔の薬を買ってしまったのではないかという疑心暗鬼に捕らわれているのだ。

拙い。ルカ自身が魔力を揮《ふる》ったのだとバレるよりはマシだが、それでも充分拙い。

「その医者、本当は悪魔だったんじゃねえのか」

「そうだ。人間のふりをした悪魔の話を聞いたことがあるぞ」

「魔法ってのは、悪魔のわざなんだよな……?」

今や、ほぼ全員が指を交差させていた。

「悪魔と取引したもんは、何だったか、魔なんとか……っちうんだろ……?」

「そらあ、確か……マ……マジュツシ、だ!」

「んだ! マジュツシだあな」「マジュツシだ」「マジュツシだ」

村人たちは一斉にルカに目を向けた。

魔法は、普通に暮らしている者には想像が難しい悪だ。ほとんどの人間は一生の間に一度も出くわすことはないだろう。

ミストラ教会の定めた定義では、悪魔と取引した者は魔術士とされる。魔術士は魔術士であることそのものが罪で、道を歩いたり息をしているだけで火炙《ひあぶ》りの刑だ。

「皆さん、落ち着いて！　僕は魔術士なんかじゃ……」

「悪魔から薬を買ったってことは、悪魔と取引したってことだろ？」

悪魔と取引するというのは魂を売るという意味で悪魔から何か買うという意味ではないのだが、この連中にそれを説明したところで理解して貰えるとは思えない。

「違います！　ミストラ神の千本の腕に誓って、僕は悪魔となんて取引してません……！」

そこまで言ったとき、宙に浮いていた男がフッと糸が切れたみたいに落ちてきた。まっすぐ落ちて、二本の足ですとんと地面に着地する。女房が男の首っ玉に飛びついた。

「トニオ！　ああ、よかった！　よかった！　もうどこにも行かないどくれ！」

「ああ、マリエッタ、どこにも行かねえよ。もう胸も痛くねえし、息も苦しくねえんだ」

「学生さんのお陰だよ！　ありがとう、学生さん！」

「お役にたてて、嬉しいですが……！　いまちょっとそういう場合でなく……」

村人の一人が声を上げた。

「マリエッタ、その学生は悪魔と取引したのかもしんねえ。マジュツシってこった」

「マジュツシはお上に突き出さなきゃなんねえ決まりだ」

ぐるりと取り囲まれている。

どうする……？　《力》を使うか……？　うまくいくのか……？

この場合、何をどう使えばいいんだ……？

精神を集中して脳髄《のうずい》を探る。来い。目覚めろ……！

必死に自分の芯にある何かに手を伸ばす。

来い！　来るんだ……！　目覚めてくれ、頼むから！

何も感じなかった。ぴくりとも動かない。脳髄の底でうねるバネのような力の感覚も、瞼の裏の光の筋も。

こういう時に限って《力》はルカを見捨てるのだ。

畜生《ちくしょう》、なんで駄目なんだ……？

「学生さん！　逃げんだよ！」

ハッと目を開けた。さっきの女房が村人たちとルカの間に立ちはだかっているのが見えた。

「マリエッタ、そいつはマジュツシかもしんねえんだぞ！」

「んなこた知らないよ！　学生さんはトニオの命の恩人だよ！」

女房が両手に握りしめた枯れ草用のピッチフォークを振りかざし、村人の輪を威嚇《いかく》する。

「さっさと逃げな！　学生さん！」

「は……はい！」

背嚢《はいのう》をひっつかみ、村人たちを尻目に一目散に駆け出す。

「待てえええ！」「マジュツシをつかまえろ！」

待てと言われて待つ莫迦《ばか》はいない。幸いにも、足には自信がある。

走って、走って、走った。それこそ死に物狂いだ。息があがり、心臓は破れそうだ。

村人たちの怒声が遠ざかっていく。

村からだいぶ離れたところまで来て、ようやく足を緩《ゆる》めた。

ここまで来れば、大丈夫だろう。あのおかみさんが村人たちを足止めしてくれたスタートハンデのお陰で、逃げ切ることが出来たのだ。おかみさんに心の中で礼を言いながら、乾いた埃《ほこり》っぽい道をよろよろした足取りで歩きだす。

魔術士という噂が立ってしまった以上、もう辺りにとどまることは出来なかった。明るいうちに次の村にたどり着くのは無理かもしれないが、とにかく行けるところまで行くしかないのだ。

◆◆◆

隣村までの行程を半分も進まないうちに太陽は大地に沈んだ。

「やれやれ。また野宿か……」

これで何度目だろう。こんな風に逃げ出さなければならなかったのは。

結局のところ、こうなるのだ。

大地に闇が満ち、西の空の底に僅《わず》かに夕焼けの名残《なごり》の淡い紫が残っているだけだ。濃紺《のうこん》のヴェールに宝石をまき散らしたように無数の星々が現れ、怖いくらいに美しく輝き始める。

ルカは街道から外れ、傘《かさ》のように大きく枝を広げたオリーブの根元に座り込んだ。もうくたくただし、夜道を歩くのは危険だ。

夏とはいえ、こういう夜は冷え込む。枯れ葉と枝を掻《か》き集《あつ》め、《術》で火を熾《おこ》そうとした。

来い。目覚めるんだ……。

だが、自分の中にあるはずの力はだんまりを決めこんだまま、ぴくりとも動こうとしなかった。六回ほど試《こころ》みたあと、諦めて火打ち石で火をつけた。

まったく、このざまだ。必要な時には役に立ちやしない。

《力》は記憶にある限り幼いときからルカの中に眠っていた。生まれた時からだ。悪魔と取引した覚えなんてない。そもそも《力の術》はミストラ教会の言う魔術とは違う。

《力の術》はルカが自分の中に持つような形のない《力》を制御する技で、遠い昔に先祖によって故郷にもたらされた。

父はその《術》の最後の継承者だった。

いや、最後になったのだ。《力》を操る技をルカに教える前に殺されてしまったから。

村の誰かがあの一家は悪魔を奉《ほう》じて怪しい術を使う、と教会に注進したらしい。徳を積んでミストラ神の覚えをめでたくするために。

生まれ故郷であるサンダリオン島はノストルム海に浮かぶ風光明媚《ふうこうめいび》な島だった。風が良ければ本土であるここベニン半島からは半日で渡れる。けれど、ルカにとってはどこよりも遠い場所だった。二度と帰れないと思うから。

ルカの生家では島に最初のミストラ教会が出来るずっと以前から代々古い神を祀《まつ》っていた。祀ると言っても、中庭にある小さな祠《ほこら》に灯明《とうみょう》を上げるだけのことで、石の祠で揺れる小さな灯《ひ》はルカにとって慣れ親しんだ光景だった。

先祖が守ってきたのは古い神であって悪魔ではない。だが、ミストラ神を唯一絶対の神と定めた教会は、古い神々はすべて悪魔であると認定している。

それに一般民衆にとっては、ミストラ教発祥以前から細々と受け継がれてきた古代の秘義と、教会の言う悪魔の業《わざ》との区別など意味のないことだ。

民衆が理解しているのは、魔法を使う者は帝国法により極刑《きょっけい》——この場合火刑《かけい》だが——に処せられる、という事実だった。そこから逆算して考えれば、魔法というのはそれほどまでに悪いものに違いない、ということになる。

魔法を使う者が邪悪だから火刑に処せられるのではない。一般民衆にとっては、火刑に処せられるから魔法を使う者は邪悪に違いないのだ。

昔は、そんなじゃなかった。

先祖が本土から渡った時代には島は安全な場所だったのだ。島にはミストラ教会もなく、中央の法も届かなかった。中庭の古い神の祠の存在も極秘というわけでもなく、祖父の頃までは《力の術》で村を助けることもあったという。だが、三十年ほど前に島にミストラ教会ができ、司教が常駐するようになって状況は悪くなっていった。五歳の頃には、ルカの家族以外ほとんどの村人がかかさず教会に行くようになっていた。

同年代の友達もみな行くので、両親にどうして行かないのか訊いたことがある。すると父は、ミストラ様は我々のことは救っては下さらないからね、と言った。その時はどうしてうちの家族だけ救って貰《もら》えないのか分からなかった。

いま考えると、あの頃から父はいつか破滅《はめつ》の日が来ることを予期していたのだと思う。

あの日、ルカと母は父の機転で難《なん》を逃《のが》れた。いざというときのために予《あらかじ》め用意していた壁の中の秘密部屋に二人を隠したのだ。

隠し部屋の覗き穴から息を殺して見た光景は一生忘れられない。

夜、その男は一人でやってきた。灯火《ともしび》に照らされ、頬から鼻を横切る長い傷跡がてらてらと光っていた。

男が父に向かってグリモーはどこだ、と詰問《きつもん》したのを覚えている。グリモー、グリモー、と。

そんなものは知らない、と父が答えると、大きな音がして次に見た時には父は床に倒れていた。

その間、ルカが声をたてないよう母はずっと手で口を塞《ふさ》いでいた。でなければルカも捕らえられて処刑されていただろう。十に満たない子供であろうと、悪魔の業を使う者はミストラの慈悲の心により火刑だ。

その後のことは、伝聞でしか知らない。

翌日には母に連れられて島を出て本土に渡ったからだ。

母は本土出身で、《力》を持たない普通の人だったから、何かあった時にはすぐルカを連れて島を出るよう父と約束していたという。

母は本土で再婚した。

再婚相手は裕福な商人で、婚家にはよく行商人が出入りした。故郷サンダリオン島の噂も入ってくる。その噂話で、あの顔に長い傷のある男は当時新しく島に赴任《ふにん》してきたばかりの新任のミストラ司教だったのだと知った。

伝え聞いた話では、父は火刑で死んだのではないらしい。刑の執行前に教会の牢《ろう》で獄死《ごくし》したのだ。教会は死んだ身体を火刑架《かけいか》にかけて型通り焼いたが、胴は奇妙に捩《よ》じれ、爪は一枚もなく、関節は一つ残らずぶらぶらだったという。

父の死が拷問《ごうもん》によるものなのは明らかだった。

ぱちぱちと焚《た》き火《び》の枝がはぜる。

あの夜のことにはいくつか疑問がある。

なぜ、司教はたった一人で自ら父を捕縛《ほばく》に来たのか。

なぜ、父は一人で来た司教にやすやすと捕縛されてしまったのか。

父はルカと違って自在に《力の術》を操ることが出来たのに。

ルカの中にも《力》は存在する。

遠い先祖から受け継がれてきた力だ。だが、そこにあっても使いこなせないのでは意味がなかった。

《力》は成長とともに年々大きくなったが、《術》のコントロールを受けないままだ。

父が生きていたら、自分は《力の術》を使いこなせるようになっただろうか？　十三になったら本格的に教わる筈だった。父も十三歳から訓練を始めたのだ。

だが、唯一の師匠であった父はもういない。

あの悲劇の夜から何年も経《た》ってから、ルカはあの男が言っていた『グリモー』とは『グリモワール』のことではないか、と思うようになった。グリモワールとは魔術の秘伝書のことだ。

ミストラ教会はグリモワールに限らず、古代の宗教や医学や技術について書かれた書物を探し出しては焚書《ふんしょ》にしている。町の広場で大々的に焼くのだ。それらは悪魔の知識であり、無垢《むく》な人々の目に触れさせてはならないのだという。

司教は父が現存するグリモワールの在り処《あか》を知っていると考えて拷問したのではないか?

父の家系は代々《術》を守り伝えてきたのだから、父が残された秘伝書の在り処を知っていてもおかしくはない。

三年前に母が死に、ルカは母の再婚相手の家を出た。

それ以来、あちこちを放浪して今に至っている。

母の婚家に居づらかったせいもあるが、あちこちに旅をすれば見つけ出せるかもしれないと思ったからだ。

《術》の秘義を伝える秘伝書を。

サンダリオン島に渡る前は本土であるベニン半島中部が先祖の本拠地だった。その時代の先祖がどこかに秘伝書を隠していた可能性は充分あると思う。

もし、先祖の書いた秘伝書を手に入れ、解読することが出来たら、自分は《術》を使いこなせるようになるかもしれない――少なくとも今よりは上達するのではないかと思う。

ルカ自身は父から秘伝書について何も聞かされていなかった。だがあの司教が父を拷問してまで聞き出そうとしたのだとしたら、その事実こそ先祖の記《しる》した秘伝書がどこかに残存していることの証明ではないだろうか？

もしその秘伝書が存在するのなら、自分以上に正当な持ち主はいない筈だ。本土に残った一族は既に途絶えてしまっているのだから。

遍歴の目的はもう一つある。

あの顔に長い傷のある司教を見つけ出すことだ。名前は既に判明している。あの男の名はベニト・デラクア。評判が悪く、島の教会を離れて本土のどこかに異動したという。

父を捕縛したのは帝国法に従っただけであって、デラクアの責任ではないのかもしれない。だが、拷問を命じたのはデラクア本人に間違いないのだ。当時島のミストラ教会は一人司教区で、命令できる立場にあったのは彼奴《きゃつ》一人だったのだから。

あいつを見つけ出して、父の仇《かたき》を討《う》つ。

それにはまず《術》で《力》を使いこなせるようにならなければならない。魔法の秘伝書は、そのためにも絶対必要だった。

変な嗤《わら》いが漏れる。壮大な野望だよな。《力》を使いこなせるようになるかも、あいつを見つけられるかどうかも分からないのに。

先祖が暮らしていた土地や、歴史のある町を旅して古い書物を探してきたけれど、今のところそれらしいものは見つかっていない。

魔術や魔法について書かれていると謳《うた》っている書物は何冊か手に入れることができたが、どれも全くの期待外れだった。

教会が黙認《もくにん》している害のない白魔術――相性占いやハーブや民間療法――それに、この国ではまだ珍しい外国の医術や科学の知識を魔法と言っているだけだった。

お陰で、薬と医術については詳しくなったけれど。

その知識で作ったローズマリーとタイムのいんちき薬だって、胃をすっきりさせる程度の効き目はある。

問題は、胃をすっきりさせるハーブを売っても、誰も高値で買ってくれないということだ。とてもじゃないが充分な路銀《ろぎん》は稼《かせ》げない。だから『万能薬』の口上《こうじょう》を考えついたのだ。

ローズマリーもタイムもそこらに生《は》えていてタダ同然だから、一袋一リラならボロ儲《もう》けだ。

ふー、と溜め息が出る。

いつからこんなさもしい考え方をするようになってしまったんだろう。

遍歴も、偽学生も、いんちき薬売りもうんざりだ。

故郷の島は今ごろオレンジの花が満開だろう。白い小さな花が枝先に群がるように咲き乱れ、光と風と甘い香りが島中に満ち溢れる。

あそこには二度と戻れないのだ……。

子供だったとはいえ、ルカを覚えている者がいるかもしれない。だいたい、故郷に帰るどころか、ひとつところに腰を落ち着けることさえ難しかった。今日みたいなことがたびたび起きるからだ。

こんな厄介な《力》なら、いっそ無くなってしまえと思う。だが、それはしつこい埋《うず》み火《び》のようにルカの中に在《あ》り続けて決して消えることがなかった。

背嚢から硬質チーズの塊を取り出し、短剣で薄く削《そ》ぐ。

故郷のフレッシュチーズとは比べ物にならない味気ないチーズだが、腹にいれるものが何もないよりはマシだ。削《けず》りくずのようにくるりと丸まったチーズを口に運ぼうとしたとき、焚き火の向こうの闇の中に青く光る二つの丸い眼に気付いた。

獣《けもの》の眼だ。

狼《おおかみ》だったら拙い。熊でも、山猫でも拙い。

《力》で……いや、火で追い払おう。

焚き火の中から燃える枝をつかんで獣の方へかざす。

「しっ、しっ！　おい。あっちにいけ！」

ふさふさとした毛皮が炎の色を映して赤く燃えるように獣のシルエットを闇に浮かび上がらせる。

狼でも、熊でも、山猫でもない。

犬だ。それも、随分と小さい。小型犬だ。

ホッと肩の力が抜けた。大型の野犬だったら犬でも危険だが、小型犬なら別に恐ろしくはない。

たぶん、チーズの匂いに釣《つ》られてきたのだろう。

犬は黒くて小さく、耳は三角にピンと立ち、口吻《こうふん》は狐《きつね》のように尖《とが》っていた。身体に比べて頭が大きく、胴体が短い割に脚は立派なのでなんだか寸詰《すんづ》まりだ。

真ん丸な二つの眼がじっとルカを見つめている。

「欲しいのか？　わん公。欲しいなら、わん、と言ってみろよ」

犬は鳴かなかった。無言のままその場にじっと立ち尽くしている。しばらく睨み合っていたが、犬は餌《えさ》をねだるような素振《そぶ》りは見せなかった。

「よし、要《い》らないんだな」

削りくずのようなチーズをこれ見よがしにぺろりと口に入れ、舌の上でぼそぼそ崩れるのをワインで流し込んだ。

真っ黒な小犬は相変わらず身じろぎもせず犬の置き物みたいに四肢《しし》を大地に踏《ふ》ん張《ば》って立っている。

その視線は明らかにチーズに向けられていた。

畜生、そんなに見られたら落ち着かないじゃないか。

「ほらよ」

チーズの端の固い皮を厚めに削り、焚き火の向こうの犬に向かって放り投げる。

黒犬はぱくっ、と宙で受け止め、二度ほど呷《あお》ってがつがつと呑みこんだ。

「やっぱり腹へってんじゃないか」

チーズの皮を投げると、そのたびに犬は器用に受け止めて呑みこむ。

見ていたら、思わず笑みがこぼれた。

子供の頃に飼っていた犬のことが思い浮かぶ。大きな白黒ぶちの犬で、ルカが抱きしめるとお返しに顔中舐《な》め回してくれたものだ。思い出すと、ちょっと胸が熱くなった。

犬は少年の一番の友達で、決して裏切らない。あいつのことが大好きだったのだ。

「わん公。こっちに来いよ」

焚き火の火が消えたらきっと冷えこむ。一緒に寝れば温かいだろう。

「ほら、いい子だからさ」

犬はチーズの皮を噛み、頭を小さく傾げるようにしてちらりとルカに目をくれた。だが、寄ってくる気配はない。

なんだ。来ないのか。がっかりだ。

「僕は寝るからな。こっちに来る気がないのなら、どこかに行ってしまえ」

残りのチーズをしっかり背嚢に仕舞い、オリーブの木の幹によりかかる。眠りはすぐに訪れた。


朝の光が目に眩《まぶ》しい。

ルカは大きく伸びをしてがちがちになった筋肉をほぐした。

早いところ人の多い場所に行って稼《かせ》がなければ。偽薬を売った代金はあの村に置いてきてしまったし、偽薬も残り少ない。大きな町に行こう。昨日のようなしけた村はご免《めん》だ。

最後のチーズとワインで朝食にし、ふと見ると焚き火の灰の向こうにあの黒犬がちょこんと座っていた。

寄って来ないくせに、結局一晩中ここにいたのか。

最後に残った固いところを投げ与えると、犬はあっという間に食ってしまい、物足りない顔でルカを見上げた。

「もうこれでおしまいだ。じゃあな」

背嚢を担《かつ》ぎ、乾いて埃っぽい街道を来た方向と反対に向かって歩き出した。

その後ろを、黒犬がちょこちょことついてくる。

「おい。ついてくんなよ。チーズはもうないからな。期待しても無駄だぞ」

犬は道の真ん中で足を止めた。

そのまま小首を傾げて様子を窺うようにこちらを見ている。

「よし。そこにいろよ。ここは街道だから、きっとそのうち食い物をもったヤツが通るさ」

だが、歩き出すと犬はまたついてきた。

ルカが足を速めれば犬も走り、ゆっくり歩けば犬の歩みも遅くなる。

「おい、ついてくんなって言ったろ？　おまえにやれるものはもう無いんだからな」

犬は立ち止まったが、このまま背を向けて歩き出したら再びついてくるのは確実だった。

ルカはくるりと振り返り、腰に手を当てて、黒炭《くろずみ》みたいに真っ黒な犬を見下ろした。

「おまえ。なんで僕についてくるんだ？」

こいつはなんで人里を離れたところに一匹でいたんだろう。

つらつらと小犬を眺める。

ほとんどの部分が真っ黒で、尻尾《しっぽ》と足の先だけが靴下を履《は》いたように白い。額には白い三日月模様がある。真ん丸な二つの眼は北方産の麦酒《ビール》のように濃い琥珀色《こはくいろ》で、細く尖った口がほんの少し開いてピンク色の舌先がちらちらと覗いていた。三角にピンと立った耳の内側もピンクだ。

毛は長めだが、上流階級で飼われている愛玩犬《あいがんけん》のような柔らかくカールした毛ではなく直毛で、首回りで黒い光輪《こうりん》みたいにピンピンと立っている。身体は小さいことは小さいが、貴婦人の抱き犬にしては少し大きい。かと言って猟犬《りょうけん》や番犬として使うには小さ過ぎる。

大きさも、毛並みも中途半端だ。

だから捨てられたのかもな、と思った。中途半端で使い道がないから捨てられたのだ。

中途半端、か……。

似てるのかもな。僕とこいつは。

「……一緒に来るか？　と、言っても行くあてもないけどさ」

小首を傾げてじっとルカを見つめていた犬が小走りに駆けよってきて足下《あしもと》に座った。真ん丸な目がルカを見つめている。

犬は靴下を履いたような右前脚をルカの方に差し出した。

「なんだ。握手ってことか？」

つやつやとした真っ黒な口吻が笑うように開いて、ピンクの舌がだらりと垂《た》れ下《さ》がる。

どうもそうらしい。

ルカは差し出された前脚を軽く握った。

脚は幅広でしっかりとしており、足首のあたりには柔らかい毛がふさふさと生えていた。

「よろしくな。わん公。僕はルカ」

二、三度上下に振って放すと、黒い小犬はこくりとうなずいた。なんだか言っていることが分かっているみたいだった。
連れて行くなら呼び名が必要だな。何と呼んだらいいだろう。

一つの名が頭に浮かんできた。子供の頃に飼っていたあのぶち犬の名だ。

大好きだったのに、島を出るとき連れてくることが出来なかった。年寄り犬だったから、もう生きてはいないだろう。

「……サーロ。サーロって名はどうだ？」

犬はふん、と鼻を鳴らし、じろりとルカを一瞥した。

あまり気に入らないらしい。だが、犬が気に入ろうと気に入るまいと、そんなことは知ったことじゃなかった。

今日からこいつはサーロだ。

「ほら、サーロ、行くぞ。日のあるうちに人里に着くんだ」

犬はまだ不満げな顔をしていたが、今度はルカの前に出てさっさと歩き始めた。こっちに行けばいい、という風に。


こうして旅の道連れになったサーロは、ちょっと風変わりな犬だった。

子供の時に飼っていたぶち犬のサーロはよく吠《ほ》えたが、この小さな黒犬サーロは無口で滅多《めった》に吠えない。呼んでも返事をしないし、甘えたり尻尾を振ったりもしない。

自慢じゃないけれど、犬を落とすなんて簡単だと思っていた。犬の扱い方は分かっているつもりだ。どこを掻いてやると喜ぶかくらい知っている。食べ物を投げてやり、耳の後ろや尻尾の付け根をそっと掻いてやれば犬なんて簡単に籠絡《ろうらく》されて尻尾を振るものだ。育った島は羊を飼うのが主な産業だったから、犬がたくさんいた。このテクニックで昔飼っていた方のサーロはもちろん、近所の大きな犬や、通りすがりに出会った幾多《いくた》の犬をめろめろにしてきたのだ。

それなのに、その手練《しゅれん》の技で撫《な》でたり掻いたりしてやってもサーロはちっとも嬉しそうにしないのだ。うっとりどころか、仕方なく撫でさせてやってるんだ、というような顔をする。犬というより、むしろ猫の反応じゃないかと思う。

こんな筈じゃなかった。犬には自信があったのに。

「なあ、サーロ。犬だったらさ、呼んだら来るとか、尻尾を振るとか、飼い主の手を舐めたりとか、すべきことがあるだろ？」

言い聞かせながら耳の後ろを掻いてやる。たいていの犬はこれでとろんとなるのだが、サーロは迷惑そうだ。

「おまえ、本当に無口だな。たまには吠えてみろよ。ほら、わん！　わん！」

サーロが憐《あわ》れむようにじろりとこちらに横目をくれた。こいつ、バカじゃないか……という顔で。

可愛くない。本当に可愛げがない。

ただ、サーロと旅をするようになってから偽薬売りは以前よりうまく行くようになった。サーロを連れていると警戒されにくいのである。特に女や子供には受けが良かった。真っ黒な毛や、真ん丸な琥珀色の眼、ボタン細工のような鼻、内側がピンクのピンと立った三角の耳――そんなものが大人気なのだ。

サーロを脇に座らせて万能薬の口上を述《の》べていると、いつのまにかサーロの周りに女と子供の輪が出来てしまう。

そういう時のサーロは妙に愛想《あいそ》がいい。

嫌な顔ひとつせずに尻尾を振り、女の手を舐めたりする。そうやってめろめろになった女達から食べ物をせしめるのだ。その波及《はきゅう》効果で聴衆はルカの万能薬にも財布のヒモを緩めてくれるから、助かっているとは言える。

だが、飼い主をないがしろにしている感は否めない。

どうも、サーロはルカを飼い主とは認めていないんじゃないかと思う。たまたま一緒に旅をすることになった、二本足の鈍《どん》くさい道連れ、程度にしか思っていないみたいだ。

一商売終えて村から村へ歩く道すがら、ルカはサーロに話し掛けた。

「おまえ、女相手だと僕のときより愛想よくないか?」

サーロは返事をせず、無言のまま唸《うな》るように唇をまくりあげた。ピンクの歯茎《はぐき》と、白く尖った歯が覗く。

「何だよ。何を怒っているんだ?」

喉《のど》の奥でぐるる、と低いうなり声をあげる。

それで思い出した。今朝方後にしてきた村の宿屋の女将《おかみ》がえらくサーロを気に入って、出がけにハムを一塊持たされたのだ。犬に食べさせておやりよ、と。

「僕が独り占めすると思ったか？　そんなことするわけないだろ」

ハムを半分に切って投げ与えると、サーロはすぐに飛びついた。犬というのは食べ物を貰ったら尻尾を振り回して全身全霊で喜ぶものだと思うが、サーロはあまり嬉しそうじゃない。

食べ物に興味がないのではなく、貰って当然という態度なのだ。そして恐ろしくよく食う。この大きさの犬にしては驚くほど大食いだ。下手《へた》をするとルカと同じくらいの分量をあっという間に食べてしまう。

「ちっこい癖によく食うなあ。おまえの食《く》い扶持《ぶち》も僕が稼いでるんだぞ？　分かってるのか？」

サーロがふん、と馬鹿にしたように鼻を鳴らす。いま食べているハムは自分が稼いだのだ、と言いたげだ。

「そりゃあさ、確かにそのハムはおまえのお陰で手に入れたようなもんだけど。でも人間はハムだけで生きていけるわけじゃないんだ。おまえと違ってさ」

人が人として生きていくには金が必要だ。街についたらマシな宿屋に泊まりたい。安宿は雑魚寝《ざこね》だからいろんな意味で危険だ。ルカの場合、寝ている間に《力》で何かしでかしてしまう心配だってある。最近では減ったが、十代の頃にはしょっちゅうそんなことがあったのだ。

たまには美味《うま》いものが食いたいし、酒だって呑みたい。旅を続けるには靴や服だって要《い》る。人生のちょっとした楽しみにはなんだって金が必要なのだ。

「おまえ、なんで僕についてきたんだ？　自分でついてきた割にはつれないじゃないか」

ルカはサーロの首周りのつんつんした黒い襟巻《えりま》きのような毛を指でもしゃもしゃにした。食べているときはいくら撫でても嫌な顔をしないのだ。サーロの毛は癖がなくてすべすべしているので、手櫛《てぐし》で梳《す》いても絡まったりもつれたりしない。

「ほら、どうだ？　気持ち良いだろ？」

サーロはまるで無視だ。ハムを前足で押さえて夢中で齧《かじ》っている。そして瞬《また》く間に食べ終えてしまい、ルカの手からするりと逃げ出した。

なんという素《そ》っ気《け》なさ。

勝手についてきたのはサーロの方だというのに。

「サーロ。次はダルジェント共和国に行ってみないか。すごく景気が良いんだってさ。大きく稼げるかもしれない。美味いものだってたくさんあるさ」

サーロが不意に頭を上げ、琥珀色の眼でちらりとこちらを見た。ルカは賛成なのだと解釈した。

2.　運が向いてきたかもしれない

ダルジェント市の目抜き通りは、見たこともないほど豪奢《ごうしゃ》で華やかだった。

ルカは通りの建物を見上げながら歩いた。

なんて美しい街なんだろう。

これが新興共和国の富と繁栄か。

遍歴《へんれき》の途中、もっと大きな街に滞在したことはある。

千年の都と謳《うた》われる帝都レムジーアにだって行ったのだ。古い町、繁栄している町には魔術書の手掛かりがあるかもしれないからだ。

だが、これほど華やかで、美しく、活気溢《あふ》れる街は目にしたことがなかった。

表通りにならぶ家々も立派なのだが、その背後にはさらに壮麗《そうれい》な建造物がそびえている。

特徴的な赤いドーム型の屋根はこの街のミストラ教会。教会の丸ドームはどの町にも村にもあるが、これほど美しいドームを見るのも初めてだった。それだけ街が豊かで、多額の寄進《きしん》が集まっているということだ。そして背後にはその教会が霞《かす》んで見えるほどの偉容《いよう》を誇《ほこ》る宮殿がそびえている。

お上《のぼ》りさんだと思われたくはないが、つい見とれてしまう。

町並みだけではなく、人々の身なりも小奇麗で華やかだ。

旅暮らしで草臥《くたび》れた自分の服装がちょっと恥ずかしくなる。

行き交う人々の多くが美しい衣装で着飾っているので、商人と貴族の区別がつけられなかった。

もっとも、都市貴族は元々は裕福な商人の家柄から伸《の》し上がったわけだから差がなくて当然といえば当然なのだが。

ダルジェントは市であると同時に独立国だ。

ダルジェント共和国は帝国に忠誠《ちゅうせい》を誓《ちか》うことで自治権を保証されている都市国家の一つで、周辺地域を実効支配《じっこうしはい》している。ベニン半島の都市国家のうち、ダルジェント共和国はたぶん一番目か二番目に羽振《はぶ》りが良い。

大通りには名高いダルジェントの銀細工の店や香水工房が本店を構え、薬種問屋《やくしゅどんや》の大看板も見える。

「ここじゃ、僕の商売はあがったりになりそうだな……」

本物の薬師《くすし》がいる場所で、偽《にせ》学生のインチキ薬をありがたがって買う者はいない。それに、同業組《アル》合《テ》の目が光っている。鑑札《かんさつ》なしに薬を売ったらそれこそ牢屋行きだ。

景気が良い街だから商売になると思ったのは甘かったか。

サーロがそれみたことか、という顔でルカを見上げる。

「なんだよ。文句があるのか？　おまえもダルジェントに来るのは賛成だったろ？」

サーロはそんなことはない、という風にそっぽを向く。

ルカは道の向こうに見える川に目をやった。

川はダルジェントの街を二分してゆったりと流れ、いくつもの美しい橋が架《か》かっている。そのうちのひとつ、大きな石のアーチで支えられた橋の上には、乱雑に小箱を積み上げたように木造のあばら小屋がひしめいていた。

木箱のような小屋は橋から大きく川の上に張り出し、石組みから飛び出したつっかい棒によって支えられている。中には飛び出しすぎて、ほとんどつっかい棒の上に乗っているような危なっかしい小屋もあった。

水を多く使う理髪や洗濯、浴場などの看板と並んで車輪の看板が目につく。車輪の周りには四人の男──輪の頂点に立つ者、登っていく者、落ちていく者、そして一番下には輪の下敷きになった者が描かれている。

「見てみろよ、サーロ。あそこで一儲《ひともう》けしよう」

車輪の看板は、賭博場《とばくじょう》の印だ。

橋の上はこの世の理《ことわり》が及ばない場所とされている。だからミストラ教会の嫌う金貸しや賭博場はこういった場所に店を構えるのだ。

サーロが行く手を遮《さえぎ》るように目の前に飛び出した。滅多《めった》に吠《ほ》えないサーロが低く唸《うな》っている。

「なんだよ。反対なのか?」

どうもそうらしい。唸りながら身体を低くし、地面を掃《は》くようにゆっくり尾を振っている。

「邪魔するなよ」

ルカは目の前に立ちはだかっている小犬の腹の下に手をいれて素早く抱き上げた。サーロは腕の中で暴れたが、噛《か》んだり引《ひ》っ掻《か》いたりしないのは分かっている。

もこもこと毛深い耳に口を寄せて囁く。

「心配するなって。勝算があるんだ」

目を閉じて、ほんの少しだけ《力》を使えばいい。

前にもやったことがある。サイコロを操るのは死にかけた男を生き返らせるよりずっと簡単だ。

ここぞという時に《力》が目覚めてくれなかったとしても、博打《ばくち》は時の運だし、コツも知っているから、勝つ可能性はある。勝ったり負けたりしながら最終的に手元に残る方が多くなればいいのだ。

黒い毛玉みたいなサーロを腕にかかえ、いかにもお上りさんよろしく辺りを見回しながら橋の上をぶらぶらする。賭博場の前に差し掛かると、案《あん》の定《じょう》、客引きが声を掛けてきた。

「そこの可愛いわんちゃんを連れたお兄さん、どうだい、運だめししていかないかい?」

「運だめし、って何をするんですか?」

こういうとき、ルカの口調は純真で物知らずな学生のそれだ。罪のない爽《さわ》やかな笑顔も忘れない。

「なーに。ちょっとしたお愉《たの》しみだよ。ミストラ様には内緒で運命の女神さまのご神託《しんたく》を伺おうっていう趣向《しゅこう》さ」

「それは興味深いですね。ちょっと試してみようかなあ」

「そうこなくっちゃ! お一人様、ご案内ー!」

狭い戸口の中は人ひとりがやっと通れるくらいの細い廊下で、おまけに傾いている。サーロを抱えたまま恐る恐る歩いて、やっとどんづまりの小さな小屋にたどり着いた。

ここが賭博場だ。

客達はいくつかの卓《たく》に分かれてゲームに興《きょう》じていた。サイコロが転がるたびに勝ったの負けたのと怒声があがり、やりとりされるコインが小気味良い金属音を立てた。

「揺れるからそっと歩いとくれ、お客さん」

「は……はい」

確かに小屋は揺れていた。すり減った板張りの床は一歩ごとにぎしぎしと不穏に鳴る。

賭けてもいいけど、この小屋は石橋の本体にはほんのちょっぴりだって乗っていない。橋から川に突き出たつっかい棒に引っかかっているだけだ。

ルカはサイコロ賭博の卓につき、隣の椅子にサーロを乗せた。さっきまで腕の中で暴れていたサーロは急におとなしくなって、真面目くさった顔つきでサイコロの卓を見つめている。

「兄さん、張らないのかい？」

「えっと……じゃあ、三ソルド……」

三ソルドなら、負けてもちょっとした昼飯一回分だ。

ディーラーが小さな踵骨《しょうこつ》のサイコロを二つ、遊技卓《ゆうぎたく》の上に放り投げる。

「兄さん、ついてるね」

「わあ！　僕の勝ちですか？」

三ソルドは六ソルドになって戻ってきた。昼飯が夕食に昇進したわけだ。

何度かソルド貨で小さく勝ったあと、気が大きくなったふりをしてリラ貨を張ると、とたんに負けた。これで最初の勝ち分はなくなり、ルカの負け越しになる。

「ああ、負けちゃった！」

ここまではディーラーの筋書き通りだ。

熟練したディーラーはある程度まで賽《さい》の目を自由に出来る。サイコロの癖やテーブルの傾きを熟知しているからだ。

新参《しんざん》の客にまず少し勝たせ、気を大きくしたところで今度は巻き上げにかかる。客が賢ければここで手を引く。だが最初に一度は勝っているから、たいていの人間は負けを取り返そうと熱くなってしまう。

「今度こそ勝ちますよ」

再びリラ貨をテーブルに置く。

サイコロはディーラーの手の中にある。

ルカは祈るように目を閉じた。

（来い……目覚めるんだ……）

息を詰めて精神を集中すると、あっさりと瞼《まぶた》の裏に金色の光が現れた。充分な量だ。

瞳の色が変わるのを見られないよう瞼を伏せ、自分以外には見えない《力》の触手《しょくしゅ》を遊技卓へと伸ばした。

ディーラーの手を離れたサイコロが宙を舞い、卓を転がる。

その瞬間、《力》の穂先が撫でるように軽くサイコロに触れた。どの目を出すかは考えない。そんなことをしたら不自然な動きになってしまう。ディーラーの意図を乱して違う目が出ればそれでいい。

サイコロはいつもよりゆっくり卓上を転がって止まった。

瞼を開けて確認する。

勝ちだ。

「わー、ツキが戻ってきたみたいですね！」

最初の一リラが二リラになり、四リラになった。そこで二リラ負けたが、次にはまた四リラ勝って挽回《ばんかい》した。

自分に有利になるようにサイコロを動かしているわけではないが、ディーラーはカモるつもりでサイコロを投げているから、それをかき乱せば結果的にルカの勝ちが多くなる。

「やった！　また僕の勝ちですね！」

四リラの倍で八リラ、その中からまた四リラを賭け、合わせて十二リラ。その十二リラで再び勝って二十四リラ……倍々ゲームだ。

いつの間にかルカの前にはリラ貨の小山が出来ていた。

「兄さん、ついてるね。どうだい、男ならここらでどーん、と大きく張ってみちゃあ」

ここで勝ち分を持っておさらばするか。或《あ》いは、ディーラーに乗せられた振りをしてもう一稼《かせ》ぎするか。

「考えるこたあないだろ。あんたはつきについてるんだ。いま勝負しなくていつ勝負するっていうんだい？」

「そうですねえ……」

「ここでやめたら男じゃないよ！　兄さん」

ちょっとしつこいな。何かあるんじゃないか……？

光を《探索》の形に変え、目を伏せてディーラーに向けてみた。何かひどく重い物が感じられる。

不自然な重さだ。

鉛《なまり》……？　この重さは、金以外には鉛しか考えられない。

その鉛があるのは踵骨のサイコロの中で、そのサイコロがあるのはディーラーの手の中だ。

鉛を仕込んだサイコロにすり替えようとしているんだ……！

鉛入りのサイコロは決まった目しか出ない。このサイコロを使ってルカが勝ったら、こっちがイカサマをしていることがバレてしまう。どうやってイカサマしたのか追及されたら……それこそ考えるだに恐ろしい。

「……やっぱり止《や》めます」

「ついてる時に止める？　おいおい、バカ言っちゃいけないよ、兄さん！」

ルカはとびきり無邪気な顔でにっこり笑った。

「だから今度はカードをやりたいんです。これを元手にして」

「そうかい……」

ディーラーは何気ない動作で鉛仕込みのサイコロを遊技卓の縁のポケットにすとんと落とした。

「残念だがよ。カードの卓はあっちだ」

すぐに解放してくれたのは、カードの卓にはどうせ店のサクラがいるからだ。

呼び出した《力》はまだ残っている。カードゲームで大事なのは相手の手を知ることだから《探索》が大いに役立つ筈だ。

サーロを腕に抱えてカードの卓に移動した。

先客は三人。

一人はうらなりの空豆みたいな顔をした小男、一人は樽《たる》のように太った大男。

残る一人は、仮面で顔を隠した男だった。

見事な銀の装飾を施《ほどこ》された仮面はそれだけで一財産しそうな代物《しろもの》だ。ほっそりとした身体に纏《まと》っているのは近ごろ上流階級で流行している丈の短い胴衣《コタルディエ》で、光沢《こうたく》のある深紅《しんく》の色合いといい、ぴったりとした隙のない仕立てといい、最高級のものと分かる。

お忍びで悪所《あくしょ》に遊びに来た都市貴族の若様、というところか。

そうすると空豆男か大樽男が店のサクラだな。

若様、カモられてるんじゃないか？

そう思って勝負の行方を注視したが、意外なことに仮面の男は勝っていた。空豆顔の男がその次で、樽のような大男はどうやらかなり負けがこんでいる。

再びカードが配られ、仮面の男が勝った。

負けた大樽男はカードを卓に投げ捨て、仮面の男に向かって唸るような声を出した。

「……おかしいんじゃねえか……？」

「何がだね、君」

「おれがこんなに負けるはずはねえ」

「勝負は時の運だよ。負け惜しみはみっともないな」

「まっとうな勝負ならな！　イカサマじゃねえのか！」

大男は仮面の男の袖《そで》をつかんだ。

「君。変な言いがかりはやめてくれたまえ。それからその手を放せ。服が汚れる」

りた。

「なにを貴様！」

大樽男が仮面の男に殴りかかろうとした瞬間。腕の中のサーロが鰻《うなぎ》のように身をくねらせて飛び降りた。

「どこに行くんだ、サーロ！」

サーロは争っている二人には目もくれず、まっしぐらに空豆男に向かって突進した。黒い小さな砲《ほう》弾《だん》のように飛びかかる。男が叫び声をあげて尻餅《しりもち》をつく。

その袖口から何枚ものカードがばさばさとこぼれ落ちた。

ここで使われているのと全く同じ絵柄のカードだ。

誰かが叫んだ。

「イカサマだ！　そいつを捕まえろ！」

「畜生《ちくしょう》！　ニコロ、助けてくれ！」

取り押さえられた空豆男が叫ぶ。驚いたことに、その声に反応したのは負けた筈の大樽男だった。椅子を振り上げ、空豆男を取り押さえている店員に殴りかかる。店員は素早く身をかわし、同じく椅子で反撃に出た。店員が振り回した椅子が大樽男に命中する。

砕《くだ》けたのは、椅子の方だった。

「うおおおおお！　やりやがったな！」

大樽男が今度は遊技卓を頭上に持ち上げた。

ぎ、ぎ、と床板が不穏な音を立てる。

どこから現れたのか、店主らしい男が出てきて喚《わめ》く。

「やめろ！　ここで暴れるのはやめてくれ！」

大樽男が放り投げた遊技卓が壁に激突し、何かが折れるような衝撃が床を揺らす。続いて床板が軋《きし》み始める。

ぎ、ぎぎぎぎぎぎぎぎ………。

床板じゃない。

音の大きさといい、振動といい、さっきまでと段違いだ。

その不穏な音がどこから響いているのか分かった。

この小屋そのものが軋んで音をたてている。

ルカが立っている床が大きく揺れ、ゆっくりと傾き始めた。

さっきの衝撃で小屋を橋から突き出たつっかい棒に止め付けていたかすがいが外れ、残りの部分が小屋の重量を支えきれなくなっているのだ。

「サーロ、逃げよう！」

サーロが必死に駆け戻ってくる。

小屋全体が大きく傾き、床が急勾配《きゅうこうばい》の坂道のようにせり上がった。もう立っているのか横になっているのか分からない。

床に爪《つめ》を立てたサーロがずるずると滑《すべ》る。

「サーロ！」

床を滑ってくるサーロに駆け寄って片手でさっと抱き取った。

怒号と悲鳴。椅子も遊技卓も、ディーラーも、店主も、大樽男も、仮面の男も、すべてのものが掃き寄せられるように壁際に向かって滑り落ちていく。

この小屋、丸ごと川に落ちかけているんだ……！

《力》で落ちる小屋を支えるのはいくらなんでも無理だ。こんな大きな物に使ったことはない。だけど、このまま落ちたらみんな溺《おぼ》れ死《し》ぬだろう。

ぎ、ぎ、ぎ、ぎ……ぎぎぎぎぎぎぎぎ……！

畜生……！　やるしかないのか……！

サーロを抱いたまま目を閉じ、自分の中にある《力》に呼びかける。

(来い……今すぐ！)

《力》は爆発的に広がった。ルカにしか見えない金色の光が身体の周りで後光のように躍《おど》る。

瞼の裏はぐるぐると渦《うず》を巻く金色の光に染まっている。

凄い……全開だ。これならやれる……！

跳ね回る《力》を意志の力で押さえつけ、小屋の側壁《そくへき》に向けた。

強情《ごうじょう》な針金を曲げるように強過ぎる《力》をねじ曲げ、壁と床、天井との境目の角に集中する。

頭の底の方で、どん！　という音を聞いたような気がした。

金色の光の筋が一点に集まり、それからいくつにも分かれて突き抜ける。

いけるか……？

目を開けて確かめる。次の瞬間、壁と壁の間にできた隙間から日の光が射していた。本物の太陽の光だ。

床が極限まで傾き、箱を開けるみたいに壁と壁の継ぎ目《つめ》がぱっくりと開いた。そのまま鉛色の流れへと落ちていく。壁と、床と、遊技卓と――そして小屋にいたすべての人間たちが。

叫び声が上がる。木材が軋み、砕ける音。

（ゆっくりだ！　そのままぶつからずゆっくり落ちろ……！）

全てがひどくのろのろとゆっくりに見えた。

落下した客たちが水面で次々と派手な水しぶきを立てる。

それを追うように小屋だった木材が川面《かわも》に舞い落ちていく。

（ぶつかるな……砕けるな……ゆっくり、そのまま……！）

小屋の木材は空気を滑り、船を水に浮かべるように着水《ちゃくすい》した。

うまくいった……か……？

次の瞬間、水面が目の前にあった。

アッと思うまもなく水面に激突し、水中深くに突っ込んだ。もがいて明るい方に浮かび上がる。

水面。日の光。空気。空気……！

空気がこんなにありがたいなんて知らなかった。

川面には小屋の壁だった木材が筏《いかだ》のように漂っている。

見回すとサイコロ賭博のディーラーが水に浮かんだ木材につかまって浮いているのが見えた。空豆

男と大樽男もだ。

サーロは……？　途中まで一緒に落ちたのに！

水面に頭を出して立ち泳ぎをしながら叫ぶ。

「サーロ！　サーロ！　どこだ！」

バウ、という吠え声が水面に響いた。器用な犬掻《いぬか》きで泳いでくるサーロが目に飛び込んでくる。

「サーロ！」

「バウ！　バウバウバウ！」

サーロをつかんで大きな板の上に押し上げ、自分もよじ登った。

「サーロ、大丈夫か？」

「バウ！」

サーロは当たり前だ、というように吠えたが、その小さな身体はぶるぶる震えていた。

「よしよし。もう大丈夫だからな……」

震えているサーロを胸に抱きかかえ、辺りを見回すと少し離れたところを仮面の男が流されているのが見えた。

男は必死に泳いでいるが、ともすれば水面下に沈んでしまう。

ルカは板から身を乗り出し、男に向かって手を差しのべた。

「手を！　僕の手をつかんで！」

溺れかけた男は懸命に手を伸ばした。

一瞬指先が触れ、流れに押されてまた離れる。

瞼を伏せ、強く念じた。

(戻れ……！　戻るんだ……！)

金色の光が男の手に巻き付いて離れかけた手をすいっと引き寄せた。がっちりとその手をつかむ。

そのまま《力》を添えるように使って男の身体を即席の筏にひっぱり上げる。

うまくいった……！

《力》の制御がこんなにうまくいくなんて、自分でも驚きだ。

「……助かった。感謝する……」

「目の前に溺れている人がいたら誰だって同じことをしますよ」

「いや。君と君の犬は、私の命の恩人だよ……」

男が仮面を外す。

その下から現れた顔は意外なほど若かった。

ルカと同じくらいか、もっと若いかもしれない。水に濡れた顔は滑《なめ》らかでつるりとしており、長い髪が首から背にかけてぺったりと貼り付いているせいで水の魔物のように見える。

そんなずぶ濡れの状態にも拘《かか》わらず、男は一種独特の威厳と美しさを保《たも》っていた。眦《まなじり》は涼やかに切れ上がり、瞳は冬空の青。ひき結ばれた薄い唇は一本の線だ。

「私はマテオ・カヴァリエリだ。是非とも君に礼がしたい。君と君の犬を我が家に招待したく思う。受けてくれるか？」

男の指に小鳥の卵ほどもあるサファイアの指輪が光っているのが見える。それに、ルビーも。

これは、運が回ってきたのかもしれない。

ルカは偽薬売りの口上《こうじょう》を述《の》べるときの爽《さわ》やかな微笑を顔いっぱいに浮かべた。

「喜んで。僕はルカ・フォルトナートと言います。でも、まずは岸に上がらないと。このまま流されて行ったら、そのうち海に出てしまいますよ」

マテオ・カヴァリエリは声を立てて笑った。

「二人と一匹の大航海だな。それも面白そうだが、そうなる前になんとか岸につけよう」

さて、どうやってこの筏を岸につけるか。

今日は調子がいいから、また《力》を使ってみてもいいが、不自然な動きにならないようにするのが難しい。

そのとき、川岸からマテオを呼ぶ大声が聞こえてきた。

「マテオ様！　マテオ様！　ご無事ですか！」

流される筏と並行して若者が走りながら叫んでいる。

「大丈夫だ。大事《だいじ》ない、ミケロット。綱《つな》を投げてくれ！」

「はい！　ただいま！」

川岸から錘《おもり》を結んだ綱が投げられ、壁材の筏が岸に引き寄せられる。

「ああ、マテオ様、よくぞご無事で……！　一時はどうなることかと……危ないからとあれほど申し上げましたのに！」

「無事だったのだからよいではないか、ミケロット。彼はルカ・フォルトナート。私の命の恩人だ。我が家に招待するから、丁重《ていちょう》に持て成してくれ」

「はい！　かしこまりました！」

若者は眼をキラキラさせて応《こた》えた。

◆◆◆

「驚いたな……」

最初に賭博場で仮面をつけたマテオを目にした時から、大金持ちだろうとは思っていた。恐らくは都市貴族だろうと。

だが、ここまでとは。

マテオ・カヴァリエリの言う『我が家』とは、さっき街の真ん中で仰《あお》ぎ見《み》た宮殿のことだった。

その名も『カヴァリエリ宮』という。

王侯《おうこう》の宮殿ではないのだが、これほどの屋敷なら宮殿と呼んで差《さ》し支《つか》えないと思う。

カヴァリエリ宮は市内一等地の一ブロックを占《し》め、規模と豪華さで他を圧倒している。まさに宮殿だ。大通りを挟んだ向かい側はダルジェント共和国政庁で、三階部分が互いに空中通廊で結ばれている。

『カヴァリエリ』

その名をどこかで聞いたことがあると思ったのだが、思い出した。遍歴《へんれき》のあいだ半島のあちこちで見かけた銀行の名だった。

その名はバンコ・ディ・カヴァリエリ。どんな小さな町にもカヴァリエリ銀行の支店は、ある。この半島だけでなく、帝国領域全体に支店網《してんもう》を広げているという話だ。どんな辺境に行っても、カヴァリエリの支店さえあれば商売ができる、と言われている。

マテオはその一族ということか。大金持ちなわけだ。

ルカは銀の風呂桶《ふろおけ》に全身を沈めた。

「お湯、熱すぎませんか」

「ああ。大丈夫です……」

熱い湯がこわばった筋肉を解《ほぐ》し、疲れが溶け出していく。馥郁《ふくいく》と立ち昇るラヴェンダーの甘い香りが脳に染《し》み渡る。

まるで天国だ。

小姓《こしょう》にかしずかれて湯浴《ゆあ》みをし、頭の天辺からつま先まですっかり旅の垢《あか》を落としたあと、ルカは用意された衣服に着替えた。濃い青の天鵞絨《ビロード》の胴衣に空色の脚衣《きゃくい》。どちらも高級織物の産地であるダルジェントの最高級品だ。

サーロが吠えながら駆け寄ってくる。

「バウ！」

サーロも風呂に入れられてすっかり奇麗に洗われ、拭《ふ》かれ、丹念《たんねん》にブラシを掛けられていた。お陰で未だかつてないほどぴかぴかで、つやつやで、ふかふかだ。三日月のような額《ひたい》の白い斑《ぶち》も真っ白に輝いて見える。

「サーロ。奇麗になったじゃないか」

「バウ！　バウ！」

「どうした。怖かったのか？」

サーロは怖くなんかない、とばかりに首を横に振ったが、こんなに吠えること自体、普段のサーロじゃない。高い所から水に落ちたのはよほど怖かったのだろう。

「やせ我慢はよせよ」

つやつやになった黒い毛を両手でもしゃもしゃと撫でる。つるつるして絹みたいな手触りだ。そして下毛はふかふかと柔らかい。でも撫で回されるのはやっぱり嫌らしく、そろそろと後退《あとず》さって手から逃げようとする。

小姓が退出し、風呂桶が片づけられると、別の若者がルカの様子を見にやってきた。川岸を走ってマテオを追いかけてきたあの若者だ。

「フォルトナート様。お召し物の具合はいかがですか？　お身体に合わなければ解《ほど》いて仕立て直させますが」

「いや、大丈夫だよ。ぴったりだ」

ルカは差し出された鏡を見ながら言った。我ながら似合うじゃないか。これならきっと裕福な商人か都市貴族に見えるだろう。

びしょ濡れになったぼろ服はもう捨ててしまおう。

「君は、マテオの従者なの？」

「はい、そうです。父の代からお仕《つか》えしています」

「僕はこの街に着いたばかりで何も知らないんだけど、マテオってダルジェント共和国の有力者の家柄なんだ？」

「もちろんダルジェント随一《ずいいち》の家柄であられます！　マテオ様はカヴァリエリ本家の当主で、祖父君《そふぎみ》ジョバンニ・カヴァリエリ閣下《かっか》は共和国の礎《いしずえ》を築かれた偉大な方です。ダルジェント建国の父と呼ばれて、今も国中で慕《した》われています」

やっぱりそうか。若いくせにやたらと落ち着き払っているとは思った。共和国創始者の孫だったとは。

「本当に凄《すご》い人だったんだね」

「はい！」

若者は我が事のように誇《ほこ》らしげな顔をした。

「マテオ様はダルジェント共和国百人委員会のメンバーなんです。本当なら歳が足りないのですが、なにしろ優秀な方ですので。特例として、お父上亡きあと委員に推挙《すいきょ》されて」

それに、建国の父の孫だしな。

百人委員会というのは、君主を持たないこの国の意思決定機関のことだ。事実上、百人委員会がダルジェント共和国を動かしていると言える。

それで気付いた。だからこの宮殿は政庁と空中通廊で結ばれているのか。有事《ゆうじ》にはすぐに政庁に駆けつけられるように。

「そんなに偉い人なのに、一人で出掛けたりするの？」

あんなヤバい場所に、だ。

崩落《ほうらく》事故が起きなかったとしても、あの賭博場は大金持ちの都市貴族が遊びにいくには危険過ぎる場所だった。

下手をしたらカモられる程度では済まなかっただろう。空豆男と樽男は最初からグルで、言いがかりを付けて身ぐるみ剝《は》ぐ算段だったのではないかと思う。

「マテオ様は、お忍びで視察にいらしたんです。危ないからとお止めしたのですが、聞いてくださらなくて。フォルトナート様がいなかったら、どうなっていたことか……マテオ様を助けて下さって、本当にありがとうございます……！」

ミケロットの目が涙で潤《うる》む。マテオ・カヴァリエリは下の者に慕《した》われているのだ。

「当然のことをしただけですよ。どうしてマテオは一人で視察に？」

「あの橋の上の小屋はマテオ様のお父上の時代に無断で建てられて、だんだん増えて外側に張り出すようになったんです。危険だし、犯罪の温床《おんしょう》だと市民から苦情が出て。それで撤去《てっきょ》しようという話になったんですが、マテオ様はご自分の目で確認してからでないと撤去できない、と言われて」

「なるほど。責任感の強い、立派な方なんですね」

「はい！　そうなんです！」

ただの七光りではないわけだ。

自信に溢れ、危険を顧《かえり》みず大胆に行動する若手政治家。別の見方をすれば、脇が甘い自信家だ。

そのとき、絨毯《じゅうたん》が敷き詰められた廊下をミケロットの名を呼びながら歩いてくる者があった。

「ミケロット！　ミケロットはいるか？」

マテオだ。既に沐浴《もくよく》と着替えを済ませ、明るく澄んだ癖のない髪は奇麗に梳《くしけず》られて白銀の滝のように肩から背に流れ落ちている。最新流行の短い胴衣は光沢のある深い紫で、ぴったりとした黒の脚衣が引き締まった身体をよりいっそうしなやかに見せていた。

「ここにおります、マテオ様」

「ミケロット、ヌオヴォ橋の上に建っている違法建築はすべて撤去だ」

「はい！」

「よし。立ち退《の》きに応じない者は撤去が終わるまで牢にぶちこんでおけ。あそこは無法者の巣窟《そうくつ》だ。今まで慣例《かんれい》だからと目こぼししていたのがいけなかった」

「そのことですが、慣例破りについて反対勢力が難癖《なんくせ》をつけてくるかもしれません」

「またガッティ家の連中か？」

「はい。彼らは折りあらばマテオ様を委員会から引きずり下ろそうと狙っていますから」

「全く度《ど》し難《がた》い愚《おろ》かさだ！　ダルジェント共和国全体が一致団結しなければならない時に、内部で権力闘争とは！」

「ガッティ派は百人委員会で少数派に転落したのが我慢ならないのでしょう」

「ガッティが何を言おうと知ったことか。ヌオヴィォ橋の違法建築撤去は決定事項だ。委員会の承認もとってある。三日以内に全戸《ぜんこ》立ち退かせろ」

「はい！　必ず！」

ミケロットが大急ぎで出て行く。

これほど繁栄している共和国にも不協和音があるらしい。

いや、繁栄しているからこその権力争いか。一致団結しなければならない時、というのも意味深だ。

マテオはルカが目に入っていない様子で考え込み、ぶつぶつと独り言を呟いている。

「……あの橋の上をすっかり奇麗にしたら、建築基準を遵守《じゅんしゅ》した建物を建てさせよう。今度こそダルジェントの街に相応《ふさわ》しいテナントを入れるんだ。何がいいか……」

思わず口を挟んだ。

「銀細工の店なんかどうですか？　ダルジェント名物の銀細工店を橋の上に集めて新しい名所にするんです」

マテオがちょっと驚いた顔でこちらを振り返る。

「ルカ・フォルトナート！　君だったか！　見違えたよ。背格好が似ているから私の服が着られると思ったのだが、私より似合っているじゃないか」

「ありがとうございます。これ、あなたの服なんですね。僕の服が乾いたらお返ししますから」

心にもないセリフがすらすらと口をついて出た。

返せとは言われないだろうと踏んでいる。ここは、小さなリスクを恐れるより、『いい人』を印象づける方が重要だ。

「何を言う！　それは君にやったんだ」

「え……本当に？」

驚いたふりをしながら内心密《ひそ》かに快哉《かいさい》を叫んだ。

ほら、やろうと思えば自分だってしたたかに立ち回れるんだ。ここでマテオに取り入っておけば、ダルジェントでの商売もうまくいくかもしれない。

マテオは肩を抱くようにしてルカの瞳を覗き込んだ。

「もちろんだ！　君は青が似合うな！　君の眼の色はターコイズか？　いや、緑だな。奇麗な森の緑の色だ。緑の眼なら、緑の服も似合う筈だ。良い考えがある。着替えが要《い》るだろう。色違いで二、三着誂《あつら》えさせよう」

「でも、そんなには……」

「君が着てくれないと、私が命の恩人を着たきり雀《すずめ》にしていると言われるじゃないか」

マテオはそう言い、指からサファイアの指輪を抜いた。

「これを君に。助けてくれた御礼だ」

「そんな！　受け取れないですよ！　当たり前のことをしただけですから！」

「君は欲が無いな」

もちろんそういうわけじゃない。

だが、こんな巨大なサファイアを貰っても使い道がないのだ。

こんなものを持って旅をしたらあっというまに追い剝《おは》ぎに狙われるだろうし、売り払おうしても高価すぎて素人には簡単に処分できない。あげく、ルカ自身が盗みの疑いで役所に突き出されるのがオチだ。

「とにかく、これは受け取れません。その代わり、着替えの方はありがたく頂戴《ちょうだい》します。遍歴が長くて、もう着る物がなかったので」

「君は遍歴の途上なのか。何か目的があっての遍歴かい？」

「目的は……学究《がっきゅう》ですよ。独学《どくがく》で学ぶため遍歴しているんです。大学の学問は僕の望むものではなかったので」

ルカは用心深く答えた。

詳しく言わなかったのは、マテオの周囲には大学出の人間がいるに違いないからだ。どこそこの大学、などという話をしたらボロが出る。

「ほう！　学究のための遍歴とは。さぞかし興味深いものを見聞きしてきたのだろうな」

「それは、まあ、いろいろと」

話せないようなことも含めて。マテオは何か思いついたような顔で考え込んだ。

「ルカ。よければしばらく我が家に滞在してくれないか。諸国で見聞きした話を聞きたい」

「え……でも……」

「もちろん、無料でとは言わない。君を引き留めている間、一日あたり三リラの俸給《ほうきゅう》を出そう。衣食は別に支給する」

居るだけで一日三リラ、十日で三十リラ！

その銀貨の山を想像するだけでくらくらしたが、無欲で純真な学究の徒としてはそんな素振《そぶ》りはおくびにも出さないようにしなければいけない。

「お気遣いありがとうございます。でも、あの、サーロは小さいけど凄《すご》くたくさん食べるんです。ですから、僕たちの食事代はその三リラから引いて下さい」

「ルカ！　君という人は……！　本当に天の御使《みつか》いじゃないのか……？　食事のことなら気にすることはない。我が家には常に何人も食客《しょっかく》がいるんだ。一人と一匹がいくら食べたところで誰も気にしないよ」

「そうなんですか……？」

「ああ。すぐ我が家の公証人に俸給の約定書《やくじょうしょ》を作らせよう」

「期間は？」

「君がここを出て行くまでだ。好きなだけ滞在してくれたまえ」

「では、お言葉に甘えさせて頂きます」

「私としては、君がずっと居てくれたら嬉しい。必要な物があったら何でも言ってくれたまえ」

何でも？

頭の中に、閃《ひらめ》くものがあった。

「あの……書物を……」

「なんだって？」

「滞在中、こちらのお屋敷の蔵書を閲覧《えつらん》させて頂けないでしょうか」

これだけの屋敷なら、必ず蔵書室がある。

権力者の蔵書は検閲《けんえつ》が入りにくい。教会に見逃《みのが》された古代の書物があるかもしれない。もしかしたら、ルカの先祖が書き遺《かのこ》した秘伝書だってだ。

「なるほど、君は勉強熱心な学生なんだな。もちろん構わないよ。蔵書室の鍵を渡すから好きなだけ読んでいい」

マテオは笑いながら言った。

「そうだ。銀細工の店を橋の上に集めるという君の案はなかなか面白い。採用させてもらおう。防災上もいい考えだ」

「ありがとうございます。あなたはいい人ですね、マテオ」

「君ほどじゃないさ、ルカ」

巨万の富を持ち、ダルジェント共和国の有力者でもあるこの男はルカを露《つゆ》ほども疑っていない。

これは、本当に運が向いてきたのかもしれない。

◆◆◆

旅の見聞《けんぶん》の話をするという名目《めいもく》で雇《やと》われたのだが、それから数日ほとんどマテオと話をする機会はなかった。

部下に取り囲まれ、指示を出しながら宮殿の廊下をせかせかと歩く姿を何度か見かけたが、会釈《えしゃく》するだけで話をする暇もなく通り過ぎてしまう。

政治と銀行業の掛け持ちは相当に忙しいのだろう。

ルカは宮殿の蔵書室に籠《こ》もることにした。カヴァリエリ宮の蔵書室は、一国の蔵書にも匹敵する量と質だった。

「これ全部読むなんて、一生かかっても無理だろうな……」

ちょっと絶望的な気分になってくる。

今は使われない古代の言語や外国語で書かれたものもあって、自分の生半可《なまはんか》な知識ではとても読みこなせそうにない。

まあ、しかし中身を全部読む必要はないのだ。

とりあえず何が書いてあるのかだけ分かればいい。この屋敷に居る限り食べるのには困らないし、給金だって貰えるのだから腰を据《す》えてゆっくり探すか。

ずっしり重い鞣革《なめしがわ》装丁の書物を書物机に運び、表題と序文だけ読んで目当ての本を探すつもりで頁《ページ》をめくり始めた。

だが、序文だけのつもりで読み始めても、いつの間にか中身まで読《よ》み耽《ふけ》ってしまう。これでは朝から晩まで読んでも遅々《ちち》として進まない。

なにしろ歴史、博物、星辰《せいしん》、薬物、医学、地理などあらゆる分野の専門書から、果ては最新流行の戯曲《ぎきょく》まで揃っている。どの一冊をとっても市井《しせい》の人間の年収に匹敵《ひってき》するくらい高価な物だと思うと、尚更素通りできない。

「……あー、また最後まで読んじゃった。いちいち全部読んでいたらいつまで経っても探してる書に辿《たど》り着《つ》けないや」

「そなたは何の書を探しているのだ？」

ハッとなって書物机から顔をあげた。

書物机の向こうに、マテオの顔がある。が、何か違和感を感じて思わず二度見した。

違和感の原因が分かった。濃紺のコタルディエの上に羽織《はお》っている白貂《しろてん》の縁飾りのついた短衣《たんい》が女物なのだ。

「マテオ……？」

「残念ながら、はずれだ」

一本の線のように薄い唇がニッと笑う。

「私はステラ・カヴァリエリ。マテオの双子の妹だ」

「これは……貴婦人にとんだ失礼を！」

「気にしないでいい。みな間違えるからな」

本当にマテオじゃないのか……？　確かに裾《すそ》まである長いドレスを着ているし、髪にも女性らしい飾りを付けているが、顔だけだとどう見てもマテオに見える。

だが、よくよく気をつけて見ると、そのしなやかな首には『喉《のど》の林檎《りんご》』——つまり成人男子特有のあの小さな膨《ふく》らみがなかった。

つまり、本当に女性なのだ。

驚いた。マテオに双子の妹がいるなんて話も聞いていなかったし、宮殿の中はけっこう見て回ったつもりだったのに、一度も顔を合わせていなかったのだ。

「は……はじめまして……シニョリーナ・ステラ」

「ルカ・フォルトナートだな？」

形としては疑問形だが、質問でなく単なる確認だった。

「そなたが兄を助けてくれたそうだな。私からも礼を言う。感謝する」

「当然のことをしたまでですよ」

「兄はそなたを随分と買っている。天の御使いのようで、愉快で頭も切れる男だと」

「マテオは大げさなんです」

「さて、どうなのだろうな！　見た目が御使いのようだ、というのは確かだが」

ステラは声を立ててさも面白そうに笑った。

二人の見分けがつけにくいのは声が似ているというのもあると思った。ステラの声も話し方も、笑い方までマテオにそっくりだ。

「お褒《ほ》めに与《あずか》って光栄です」

ルカは汚《けが》れない御使いに見えるようににっこりと微笑んだ。

「さっきの話だが、何の書を探しているのだ？」

「その……とても古い書物だということしか分かっていないんです。執筆者も表題も分かりませんし、現存するかどうかも不明です」

「雲をつかむような話だな」

「ええ。でも、これだけたくさん書物があれば、もしかしたら見つかるかもしれないと思って」

「我が家の蔵書は曽祖父《そうそふ》の代から収集しているものだが、せいぜい百年かそこらの歴史だ。その程度で『とても古い』と呼べるかどうかは疑問だな」

「そうなんですか……」

それはちょっとがっかりだった。

最後に魔術の秘伝書が書き記されてから少なくとも二、三百年は経っているだろう。だが、オリジナルでなくても後の時代に写本《しゃほん》が作られたかもしれない。その可能性は大いにある。

「ルカ・フォルトナート。学問は一休みにして、私と一緒に来てくれないか。皆に紹介したい」

「皆というのは……?」

「来れば分かる」

ステラ・カヴァリエリは引《ひ》き摺《ず》るほど長い絹の裳裾《もすそ》を翻《ひるがえ》して歩き出した。

やれやれ。どうやら断るという選択肢はないらしい。


長い廊下を延々と歩いて連れて行かれたのは、宮殿の中庭だった。

石の壁に四角く切り取られた青空の下には別世界が広がっていた。芝の緑を縁取《ふちど》るようにさまざまな花が咲き乱れ、白い石の径《みち》の先で藤の絡《から》んだ東屋《あずまや》が涼やかな影を作っていた。

マテオが手を振る。

「ステラ、こっちだ」

「兄上！」

ステラ・カヴァリエリは緑の中の煉瓦《れんが》の道を跳ぶようにして兄に駆け寄った。

マテオが笑いながら両手を広げて妹を抱擁《ほうよう》する。

マテオはぴったりした脚衣で美しい脚の線を見せ、ステラは引き摺るほど長いスカートで脚を隠しているが、二人ともほっそりと引き締まった身体つきなのは同じだ。

ルカはぽかんと口を開けて二人を眺めた。

男女の双子というのはそれほど似ていないことが多いのだが、マテオとステラは見分けがつかないほどよく似ている。

冬空の色をした切れ長の眼も、薄い唇も、頭に沿う薄い耳もそっくりだ。おまけにダルジェントの銀細工のような髪を二人とも同じ長さに揃えているから尚更《なおさら》似て見える。

この二人を彫刻家が作ったのだとしたら、必要な道具は剃刀《かみそり》だっただろう。唇も瞼も、細い鼻筋も、剃刀で一息に切り出したように鋭い。真冬の張りつめた氷のような美しさだ。

そっくりな二人が互いに抱擁し合うのを見ていると、なんだか不思議な気分になってくる。

よほど間の抜けた顔で眺めていたのだと思う。マテオがこちらを見てクク、と笑った。

「ルカ。紹介しよう。妹のステラだ」

二人は肩を抱き合ったまま左右に身体を開いた。まるで合わせ鏡を見ているみたいだ。

「驚いたか？」

「はい……正直、吃驚《びっくり》しました。あまりに似ておられるので」

ステラがマテオそっくりに笑いながら言う。

「兄はそなたを驚かそうとわざと今まで紹介しなかったのだ」

「それは……お人が悪い」

「許せ。これは私たちのちょっとした楽しみなのだ」

この二人、子供の頃からそうやって人を煙《けむ》に巻いて楽しんできたんだろうなあ……。

本当によく似ている。

だが、見ているうちに二人の違いに気付いた。

ひとつは、さきほど気付いた喉の林檎。もうひとつは、背の高さだ。

掌《てのひら》半分ほどだが、並ぶとあきらかにマテオの方が背が高い。それを除けばほとんど瓜二《うりふた》つと言って良かった。

「ルカ。こちらへ。私たちの友人たちを紹介しよう」

マテオとステラが右と左の手で同時に手招きする。

「は……はい！」

東屋の下に数人の男女がいるのが見える。

女性一人、男性三人。うち一人はあの従者の若者だ。

「みんな。紹介する。彼がルカ・フォルトナートだ。諸国を旅してきた遍歴の学生で、私の命の恩人だ」

ぺこりとお辞儀《じぎ》をする。

「よろしくお願いします」

「ミケロットはもう知っているな」

「はい。いろいろお世話頂きまして」

「ミケロット・バレッラだ。幼い時から仕えてくれている。私のよき友人でもある」

マテオに友人、と言われたミケロットは頬を赤らめ、きらきらと瞳を輝かせた。

「今後ともお見知り置きを」

マテオは次に巻き毛でがっしりした体格の男を紹介した。

「彼はピエロ・モニチェリ。ダルジェントの名門モニチェリ家の子息で古い知己《ちき》だ」

「ピエロだ。マテオとは親しくさせて貰っている」

「はじめまして。よろしくお願いします」

「細っこいな！　こんな細い腕でよくマテオを水から引き上げられたものだ」

「はあ、無我夢中だったので……火事場の馬鹿力というやつですよ。水場《みずば》でしたけど」

「はは！　そうだな！」

ピエロは大声で笑い、ルカの背中をばんばん叩いた。

「それから彼が……」

マテオが言いかけ、黒髪の男があとを引き取った。

「はじめまして。僕はロレンツォ・グリマーニと言います。ステラの許婚《いいなずけ》です」

にっこりと白い歯を見せる。

うわあ、と思った。どこから見ても非の打ち所のない美男、ってやつだ。

しなやかな体軀も、白皙《はくせき》の額にかかる黒い髪も、憂《うれ》いを帯《お》びた眼差しも、何もかもが完璧だった。

ロレンツォが裸になってじっと動かずポーズを取っていたら、名工《めいこう》の手になる彫刻と間違われるのではないだろうか。

男としては、あまり近くにいて欲しくないタイプと言える。もちろん、自分に絶対の自信があるマテオのような男ならどんな美形男が近くにいても気にも止めないのだろうけれど。

「はじめまして。僕はルカ・フォルトナートと……」

そこまで言ったとき、完璧男のロレンツォはいきなり両手でルカの手を固く握りしめた。

「あなたがマットを助けてくれた方ですね？　ありがとうございます！　ありがとうございます！

ああ、なんと礼を言ったらいいか！　彼は、僕の兄になる人……それに、共和国にとっても大切な人なんです！」

「いえ、当然のことをしただけですから」

このセリフも何回も言っていいかげん手垢《てあか》がついてきた感じだ。ロレンツォはまだルカの手をしっかりと握っている。

「ああ、なんて謙虚な人だろう！　マテオが言った通り、あなたは御使いのような人ですね！　何か困ったことがあったら何でも僕に言って下さい」

「その、そんなに買《か》い被《かぶ》られると困ってしまうんですが……とにかく、お心遣いありがとうございます……」

「レンツォ、あまりルカを困らせるな」

「マット、僕は彼を困らせてなんて……あっ、もしかして、困っていましたか……？」

「あ、いえ……そんなには……あの、もう手を放して貰えますか……？」

ロレンツォがハッと視線を落とした。

そこには彼の両手にがっちりと握りしめられたままのルカの手がある。

「あ！　これは失礼をしました……！　すっかり失念してしまって！　申し訳ない……！」

ロレンツォが慌てて手を放すと、マテオとステラは示し合わせたように同じ声で笑った。

なんだか見た目と中身の印象が違う男だと思った。

これほどの美男で、しかも権力者の妹と婚約しているのだから、もっと威張《いば》っていてもいい筈なのにロレンツォは少しも偉そうじゃないし、気取った感じもない。

畜生《ちくしょう》。いい奴じゃないか、ロレンツォ。

「それから、ベアトリーチェ・パルマを紹介しよう。私の許嫁だ」

ステラの後ろに半分隠れるようにしていた女性がおずおずと前に出た。

「ルカ。マテオ様を助けてくださって、ありがとうございました。わたくしからも御礼申し上げます」

「ど……どういたしまして……」

ベアトリーチェが蕾《つぼみ》が解けるように微笑む。

ちらりと見たとき美人だと思ったが、間近で見るとそんな生易《なまやさ》しい言葉で言い表せるものではないことが分かった。

ベアトリーチェ・パルマは絶世の美女だ。

なんという美しさなんだろう……。

あちこち旅をしたけれど、これほど美しい女性を眼にしたことはなかった。ステラ・カヴァリエリも美女だが、美の性質が違う。ステラの美は中性的な美、氷のような美、抜き身の刃《やいば》のような美だ。

だが、ベアトリーチェは咲《さ》き誇《ほこ》る春の花だった。

雪よりも純粋で、大輪《たいりん》の薔薇《ばら》よりもあでやかで、野に咲く菫《すみれ》よりも清楚《せいそ》だ。どんな花に喩《たと》えてもベアトリーチェの美しさの全てを表すことはできない。

吸い込まれそうに大きな潤んだ瞳。

ほんのりと薄紅色の頰。精緻《せいち》な貝殻《かいがら》のような耳。愛らしい顔は艶《あで》やかな漆黒《しっこく》の髪に縁《ふち》どられ、優美な身体は触ったら折れそうに華奢《きゃしゃ》だ。

そしてその唇ときたら！　小さくてふっくらとした唇は、真珠の輝きを載せた天鵞絨《ビロード》細工のようだ。

いったいどんな感触なのか、触れてみたくてたまらなかった。

胸苦しいのに気付き、ルカは大きく息を吸い込んだ。彼女を見つめている間中、ずっと息を止めていたのだ。

マテオがにやにや笑った。

「どうした？　ルカ。私の許嫁の美しさに見惚《みと》れたか？」

「いっ、いえ！」

顔が赤くなるのが分かる。

それにしても、ロレンツォといい、ベアトリーチェといい、カヴァリエリ兄妹《きょうだい》は相当な面食いだな。

そのとき、朝顔の花弁《かべん》のようにふわりと広がったベアトリーチェの裳裾の後ろから、真っ黒な毛玉のようなものがちょこんと顔を出した。

「あれ？　サーロじゃないか！　どうしてここにいるんだ？」

「庭に出るとき、わたくしに付いてきましたの。人懐《ひとなつ》こい子ですのね」

サーロが人懐こいだって？　ルカは耳を疑った。何かの間違いじゃないだろうか。

だが、実際サーロはふさふさした尾を旗のように振ってベアトリーチェの足元にまとわりついていた。普段は無愛想なくせに、打って変わった愛想の良さだ。

「いい子ね」

ベアトリーチェがサーロを抱き上げる。その水蜜桃《すいみつとう》のような頬をサーロのピンクの舌がぺろぺろ舐《な》めた。

「わー！　こらサーロ、なんてことを！　済みません！」

「あら、謝ることなんてないですわ。こんなに可愛い子ですもの」

「で、でも！　お召し物に毛がつきますし！」

「構いませんわ。犬は大好きなの。ああ、可愛い。なんて可愛いのかしら！」

ベアトリーチェはサーロを抱きしめて頬ずりした。

サーロめ、なんという役得……！　だが、その役を譲《ゆず》ってくれ、とは言えない。

「その犬は可愛いだけでなくなかなか勇敢だぞ。私が賭博場で無法者に絡まれたとき、助けに入ってくれたのだ」

「まあ、あなたもマテオ様を助けてくれたのね、サーロちゃん」

「バウ！」

「サーロちゃんもそう言ってるわ。ふふ、お利口《りこう》さんなのね」

ステラが唇を尖《とが》らせて拗《す》ねたような声を出した。

「ビーチェ、独占していないで私にも触らせてくれ」

「うふふ、ステラも犬が大好きなのよね。はい」

ベアトリーチェは子供のように無邪気に笑ってサーロを抱いたままステラの方に差し出した。

「よしよし、いい子だ。この毛、絹のようだね」

ステラは犬好きらしく慣れた手つきでサーロの首周りの毛を梳くように撫でた。サーロがその手をぺろりと舐める。

「いい子だ。いい犬だ。この靴下を履いたみたいな前足も愛らしいな」

「でしょう？　それにこの真ん丸な眼！　本当に可愛い子だわ」

二人ともまるでサーロに夢中だ。

緑に囲まれた東屋で、二人の美しい貴婦人が小犬を挟んで可愛がっている様は一幅《いっぷく》の絵画のように見えた。

サーロは美女二人に撫でられまくり、得意満面という顔でピンクの舌をだらりと垂《た》らしている。

全く……サーロときたら調子が良すぎる……！

以前からサーロは女性にはやけに愛想が良かったし、可愛がられてきたが、これはちょっと行き過ぎだ。いや、何が行き過ぎなのかよく分からないけど、とにかく行き過ぎだ。

ずるい。というか、羨《うらや》ましい……！

「ステラ。ベアトリーチェ。犬と遊ぶのはそれくらいに。今日はわざわざルカに来てもらったのだから」

「ああ。分かっている」

ステラはベアトリーチェの腕の中のサーロを抱き取って地面に下ろした。くるりと裳裾を翻してマテオの横に並ぶ。

そっくりな二人は同時に口を開いた。

「ルカ。話がある」

「なんですか？　改まって……」

どきりとした。

まさか、俸給を取り止《や》めにするという話じゃ……？

「君に来てもらったのは、『自由の庭』の仲間になって欲しいからだ」

「『自由の庭』……？」

「そうだ。ここが『自由の庭』だ。私が主催している。天気の良い日、私たちはよくここに集まる。

ここではみな思ったことを自由に話し合う。みな対等だ。男も女も、身分もない」

「それは……素晴らしいですね」

ある種のサロンのようなものだろうか。

金持ちは文化人や芸術家を集めてそういった集まりを主催するのが好きだ。

「君ならそう言ってくれると思った。『自由の庭』のルールは三つだけだ。非メンバーを無断で庭に入れない。ここで話されたことは、当人の同意がない限り庭の外には持ち出されない。『自由の庭』の存在を非メンバーに漏《も》らさない。これがルールだ。ルカ、君は守れるか?」

「もちろんですよ、マテオ」

「よし。今日から君は『自由の庭』の一員だ。今ここにいるのは全員仲間だ。今日来ていないメンバーが何人かいるから、おいおい会わせよう」

「ありがとうございます。でも、どうして会ったばかりの僕を仲間に?」

「君は信用できる男だからだよ、ルカ」

「買い被りですってば」

「いいや。私は人を見る目はあるつもりだよ。君は私が誰だか知らなかったのに助けた。あの板はもう一人乗ったら沈んだかも知れなかったのにだ」

「そこまで考えていなかったんです。夢中だったので……」

「人間は切羽詰《せっぱつ》まった時にこそ本質が出るものだ。ルカ、その善良さが君の本質だよ」

「そんなものでしょうか……」

自分の職業はペテン師なのにな。マテオ・カヴァリエリの『人を見る目』も案外いい加減だ。

「もちろん君に来てもらった理由はそれだけではない。君の発想は自由で面白い。特定の師につかずに独学で学んできたからだろう。銀細工の店を橋の上に集約するなど、普通は考えつかない」

「あれは、ちょっとした思いつきですよ」

「そのちょっとした思いつきが聞きたいんだ。諸国を旅してきた君が我が国の問題をどう見るのか、忌憚《きたん》の無い意見を聞かせて欲しい」

つまり自国の視点とは異なった視点を持ちたいということか。

国外から高名な学者を相談役として招聘《しょうへい》することも出来るが、どこか他国の勢力の紐付《ひもつ》きでない保証はない。いや、そういった人物が紐付きでない可能性はむしろ低い。半島の政治情勢は複雑なのだ。

だから、どこの紐付きでもない遍歴の学生の意見が聞きたいのだろう。

待てよ？

国政の相談役として雇《やと》われたのだとしたら、一日三リラは安くないか……？

しかし、既に三リラの約定書にサインしてしまっている。

これは少し早まったか……！

銀細工店のテナント案をタダで使わせたのは失敗だった。前例を作ってしまったから、次に何かいい考えを出してもまたタダで使われるかもしれない。

欲の無い振りもたいがいにしないといけないな。せっかく大金持ちの有力者に取り入ったんだから。

何とかして特別俸給を出させる方法はないものだろうか……。

「ルカ。何を難しい顔して考え込んでいるのだ？」

「あ……その、僕に務まるか心配で」

「心配することはない。物事に囚《とら》われず、自由に会話することが第一目的だ。ここは『自由の庭』なのだからな。私は自由な会話こそ新しい発想を生み出す源《みなもと》と考えている」

「そうですね……でもなぜ庭なんですか？」

「間諜《かんちょう》が潜《ひそ》めるような場所がないからな。ここで私たちの会話に聞き耳を立てられるのは鳥だけだ」

なるほど。この庭ではいろいろ表沙汰に出来ないような話がされているのだろう。

足元でサーロが三角の耳をピンと立て、琥珀色《こはくいろ》の眼で意味ありげに見上げていた。

3．僕は夢を見ているのか

『自由の庭』の会合はだいたい五日に一度ほどの頻度《ひんど》で持たれた。思った通りメンバーには画家や彫刻家、詩人などもいた。カヴァリエリ家は彼らのパトロンなのだ。

会合が始まるのは夕刻、日が傾いて涼しくなってきた頃だ。マテオが伝令《でんれい》を出すと、その日手が空いているメンバーが集まってくる。ピエロはほぼ毎回顔を出した。ルカは寄食《きしょく》中だし、ロレンツォもほとんどカヴァリエリ宮に入《い》り浸《びた》っているから呼ばれればすぐやってきた。

その日も蔵書室に籠《こ》もっているルカのところに、小姓《こしょう》の少年が現れた。マテオから『自由の庭』への招集がかかったのだ。

「さて、と。行こうか、サーロ。暗くなってきたしな」

「バウ！」

サーロはいつも庭について来る。

ミケロットが骨付き肉をくれるからということもあるだろうが、あの賭博場《とばくじょう》の事件以来、サーロとの距離が縮《ちぢ》まったような気がする。相変わらず積極的に甘えてはこないけれど、主《あるじ》として認めてやる、という顔をするようになった。

夕暮れ時の庭は涼しく、土と草の匂いがする。

東屋《あずまや》にはあかあかと篝火《かがりび》が焚《た》かれ、頭《こうべ》を垂《た》れた雛罌粟《ひなげし》の細い影がゆらゆらと揺れた。東屋の下に麗《うるわ》しのベアトリーチェの姿をみつけて嬉しくなる。目の保養だ。

「ルカ！　サーロ！」

完璧男のロレンツォが手を振る。

美男なのに気さくな良いヤツ。ステラはメンバーの詩人と話し込んでいる。今日来ているのはこの詩人と、もう一人は確か著名な彫刻家だ。

ミケロットが用意してきた骨付き肉を投げ、サーロは器用に口で受け止めて卓《たく》の下で齧《かじ》り始めた。

人間たちには果物を詰めたパイや、シナモンで風味をつけた卵タルト、香辛料の効いた腸詰《ちょうづ》め、子牛肉の冷製、砂糖がけの胡桃《くるみ》、アーモンドをまぶした揚《あ》げ菓子などが用意されている。それらの軽食とダルジェント市郊外で生産される良質の赤ワインを伴にして、時には夜半まで話し込む。

話の内容はそのときどきにより様々だ。

上流階級のゴシップに終始《しゅうし》する時もあれば、芸術論を戦わせる時もあり、政治や宗教について踏み込んだ話をすることもあった。

芝草に闇のヴェールが降り、ひんやりとした夜気が中庭を包む頃、みなワインの酔いも回ってくる。麗しのベアトリーチェは無花果《いちじく》のパイがお気に召したようだ。ステラは子牛肉の冷製をナイフで削《そ》ぎながらぺろりと平らげ、何杯目かのワインの杯を空《あ》けた。

「ルカ。そなたはどこを遍歴《へんれき》してきたのだ？」

「あちこちですよ」

コラーラ公国《こうこく》、ブランジーニ公国、カルペンティエリ共和国、コルナーリャ公国、アスコーネ共和国、モルセラ共和国、それに古い歴史を持つアルカ王国などだ。

「率直《そっちょく》に言って、君は共和国制をどう思う？」

「僕には、理想的な国家形態に思えますが」

「いや。平和な時代には共和国制は理想形態だったかもしれない。だが危機の時代には意思決定に時間がかかり過ぎる」

「今は、危機の時代だと……？」

「我々は危ういバランスの上を歩いているんだ。半島の都市国家は互いの喉頸《のどくび》を狙っている。隙あらば相手を呑《の》み込んでより大きくなろうとしているんだ。そうなったとき、我々はそれに勝利しなければならない」

ルカはさりげなくシナモン風味の甘い卵タルトに手を伸ばした。子供の時、大好物だったのだ。

「戦争を回避する方法はないんですか……」

マテオが笑った。

「君は理想主義者なんだな」

別に理想主義なんてわけじゃない。

人民には現実問題だ。大規模な戦争が起こって傭兵団《ようへいだん》が半島をうろつくようになったら、町や村はいつ略奪《りゃくだつ》を受けるか分からなくなる。食料の調達にも事欠《ことか》くし、物騒《ぶっそう》で遍歴の旅だってままならない。

「ルカ。帝都に行ったことは?」

「一度だけ……ちょっと肩透《かたす》かしでしたけれど」

千年の都レムジーアは寂《さび》れ、荒れていた。

石畳《いしだたみ》には草が生《は》え、古代の建造物から石材が持ち去られ、張《は》り巡《めぐ》らされた水路には土が詰まって使えなくなっていた。皇帝は帝都を離れて長いという。

「そうだろうな」

マテオは静かに微笑み、ワインの杯を傾けた。

「レムジーア帝国は、もはや瓦解《がかい》寸前だよ」

「えっ、本当ですか?」

驚いた風を装《よそお》って答えたが、実際に旅をしていると帝国の衰退《すいたい》は肌で感じた。半島の各都市を結んでいる帝国道も随分と荒れていたのだ。橋が落ちたままになっている場所もあった。

答えたのは、ステラだ。

「ちょっと考えれば分かることだ。この百年で、なぜ半島に多くの公国や都市国家が乱立したのか。帝国に自《みずか》ら治める力が無くなっているからだ」

確かに、レムジーア帝国発祥《はっしょう》の地であり、かつては全域が帝国の直轄領《ちょっかつりょう》だったこの半島にも、今では虫喰いのように小国家が存在している。このダルジェント共和国だってそうだ。

一千年の長きにわたりノストルム海周辺を支配してきたレムジーア帝国は、同じ時間をかけて緩《ゆる》やかに衰えてきたのだ。辺境の多くの地域が離反《りはん》したため、帝国の版図《はんと》は最盛期の十分の一にまで小さくなっていた。

だが一般人の目からすれば、いまも帝国は遥か頭上にある偉大な存在で、強大な力を持っているように見える。

「都市国家同士が手を結んで帝国に対抗するということはないんですか？」

「君の発想は面白いな！　確かに、もし全ての都市国家が手を結んで造反《ぞうはん》したら帝国は明日にも終わりだろう。だが現実にはベニン半島の都市国家は牽制《けんせい》しあっている。お互いの足を引っ張りあっているからどちらにも倒れない。その一方で都市国家は帝国に上納金《じょうのうきん》を支払い、帝国は独立国としてのお墨付《すみつ》きを与える。バランスと言ったのはそういう意味だ」

「じゃあ、このままずっと今の状態が続くんですか……？」

「いや。このバランスのどこか一ヵ所が崩れれば、一気にすべてが崩れるだろう。そのときどう動くかで共和国の命運も決まる」

帝国の内情がそこまで悪化しているとは知らなかった。

マテオが言っていた『危機の時代』というのはそういう意味だったのか。

「遠くない将来、半島には嵐がやってくる。そのときダルジェントには、今より効率のよい政体《せいたい》が必要になるだろう」

毎回出席する割に滅多《めった》に発言しないピエロ・モニチェリが訊いた。

「共和制より効率がいい政体とは、具体的には何だ？」

「僭主制《せんしゅせい》だよ、ピエロ。ダルジェントには有能な統治者《とうちしゃ》が必要なんだ」

「それは、君がダルジェントの君主になるという意味か？　マテオ」

「必要ならばね。私たちは、ダルジェントを愛している。私たちの父祖がダルジェントをここまでにしたのだ。私たちはどんな手段を使ってもダルジェントの独立を守らねばならない。たとえ共和制を放棄することになってもだ……」

沈黙が辺りを支配した。

仮定の話に過ぎないとしても、今の発言はクーデターの示唆《しさ》と取られかねない。

この話が外に漏れたら、マテオは百人委員会の議席を失うだろう。それだけでは済まないかもしれない。反逆罪で投獄《とうごく》される可能性だってある。

草陰《くさかげ》で鳴く虫の声が妙に大きく響く。

彫刻家はすっかり酔いが醒《さ》めて今すぐここから逃げ出したいというような顔をしている。

何か言わなければ。言って空気を変えよう。

「済みません、質問です！　どうしてそれほど弱体化しても帝国は影響力を保《たも》っているんですか！」

場の緊張がふっ、と緩む。

彫像《ちょうぞう》のように固まっていた客たちは、何も聞かなかったというように急いでパイや揚げ菓子を口に運んだ。

マテオはテラコッタの壺《つぼ》から杯に新しいワインを注ぎ、東屋に絡んだ藤を見上げた。

「そうだな……例えば、樫《かし》の大樹《たいじゅ》に藤蔓《ふじづる》が巻き付いたとしよう。初めのうち、藤は細くひ弱だ。樫に支えられていなければ藤は立ってもいられないだろう」

大樹とは帝国のことに違いない。では、藤とはいったい何を意味するのだろう？

「樫によりかかって藤は美しい花を咲かせる。人々は藤の花の美しさに酔い、水をやり、大切に育てる。時が経ち、巨木《きょぼく》に成長した藤は樫の幹《みき》を締め付け、茂った葉で陽光を奪う。樫は衰《おとろ》えていくが、今度は大木となった藤が支えているので倒れない。樫と藤は絡み合い、いつしか一本の樹のように見えてくる……」

あっ、と思った。

「ミストラ教会……」

かつては地方の新興宗教に過ぎなかったミストラ兄弟団に、時のレムジーア皇帝セレスティアノス一世が入信したことからミストラ教は帝国国教となった。

それから数百年が経ち、帝国の庇護《ひご》を受けて肥大化《ひだいか》した兄弟団はミストラ教会と名を変え、帝国をも凌《しの》ぐ権威を持つようになっている。

その教会の力を、逆に帝国が利用しているということか。

「いずれ樫が立《た》ち枯《が》れても、藤は残るのだろうな」

マテオは一息にワインの杯を空けた。

「ミストラ神はかつては慈悲深き神だった。一千本の腕は衆生《しゅじょう》をあまねく救うためのものだ。だが、今ではその腕はお気に召さぬ者を叩きつぶすのに使われている」

「どうしてミストラ神は慈悲深さを失われたんでしょうか」

「神が冷酷になられたのではない。冷酷なのは教会だ。教会組織は腐敗《ふはい》している。彼らはもはや自らの権威を守ることしか興味がないのだよ」

冷や汗が出る。

せっかく話題を変えたのに、今度は教会批判だ。

いくら『自由の庭』だからって……。

知り合って日の浅い自分だっているというのに……マテオは大胆なくせに脇が甘すぎる。

「そんなことを言って、もし、教会に知られたら……」

「心配ないさ。ここには『自由の庭』の仲間しかいないのだからな。君もそうだろう？　ルカ」

「ええ……それはそうですが。でも少しは用心をして下さい」

理想主義なのは、マテオの方だ。そんなに人を信じちゃいけない。

マテオの信頼が辛《つら》かった。

自分はペテン師なのだ。

学生というのだって嘘だ。ルカの知識は父に教わったことと町の私塾《しじゅく》で学んだことだけで、あとは全くの独学だ。

そのうえ生まれついての魔術士ときている。

十代の頃には眠っている間に《力》が暴走して部屋をめちゃめちゃにしてしまうこともあったのだ。幸いにもここに来てからはそんなことは一度も起きていないが、もし人に見られたらダルジェントからも逃げ出さなければならなくなる。

蔵書室と庭を行き来するここの生活は、今までの旅暮らしと比べると天国みたいだった。『庭』のメンバーとの会話は知的な刺激に満ちていて、楽しかった。

いつまでここに居られるかなあ……。

ルカは齧《かじ》りかけの卵タルトを口に入れた。

バターたっぷりの皮はさくさくと軽く、中に詰められた甘い卵クリームにシナモンがほんのり香る。父がまだ生きていて、母と三人で暮らしていた頃の幸せの味だ。島を出てから、母は一度も卵タルトを作らなかった。

ずっとここで暮らせたらと思った。

マテオはいつまでも居ていいと言ってくれているけれど……。

でも、それはやっぱりダメだ。

厄介《やっかい》な《力》がある限り、いつバレて追われる身になるか分からない。

そのためには《力》を暴走させずに使いこなせるようにならなければいけないし、父の仇《かたき》を討《う》つという目標もある。

「……さて。少し呑みすぎたようだ。今宵《こよい》はもうお開きにするとしよう」

卓の下で骨付き肉を齧っていたサーロがくるりと耳を動かし、ほとんど丸裸になった骨を銜《くわ》えてさっさと歩き出した。

何だかマテオの言葉を理解したみたいだった。

◆◆◆

それからしばらくの間、『自由の庭』の会合は開かれなかった。マテオは連日のように空中通廊を通って政庁に通い詰めている。

ルカは蔵書室に籠もり、サーロは自由気ままに宮殿の中を探検して回った。

少し物足りなく思い始めていたころ、マテオから久々に誘いがかかった。ただし、『自由の庭』ではなかった。

「ルカ。ヌオヴォ橋のテナント工事を見に行くんだが、一緒に来ないか」

あの橋の上のテナントに銀細工店をいれる件か。

もう自分の手を離れた話だし、さほど興味があるわけでもなかったが、そういえば随分外出していない。この屋敷にいると何も不自由しないので、外に出るのを忘れていたのだ。以前は日に十哩《マイル》以上歩くこともあったのに、これでは身体がなまってしまう。

「はい。ご一緒させて頂きます」

サーロがバウ！　と言って高く尻尾《しっぽ》を振る。

「おまえも行くか、サーロ」

「バウ！」

行きたいらしい。

「よし、一緒に行こう」

マテオは仮面をつけ、深紅《しんく》の胴衣《コタルディエ》に金の縫《ぬ》い取《と》りのある短いマントを纏《まと》っていた。供《とも》のミケロットは深い緑の胴衣に濃い紅色のマント。腰には長剣を佩《は》いている。

ミケロットはどこに行くにもマテオに付き従っていた。政庁に出向く時も、お忍びで町に行く時もだ。これではせっかく仮面をつけていても、ミケロットでばれてしまうのではないかと思った。

尤《もっと》も、ミケロットによるとマテオは仮面もつけずに外出することも多いという。危険ではないかと思ったが、カヴァリエリ家はもとは貴族ではなく、今も人民の味方だということを印象づけようとしているらしい。

久しぶりに宮殿から外に出ると、からりとした風が肌に気持ち良かった。

「バウ！」

サーロは久しぶりの外出にはしゃぎ気味で、ルカの歩幅に合わせて小走りに駆けながら足元をくるくる駆け回った。

「サーロ。走るのは楽しいか？」

「バウ！」

ミケロットが笑った。

「サーロは賢い犬ですよね。よく厨房《ちゅうぼう》に来て餌《えさ》をねだっていたので、コック連中が捕まえて焼き串《やぐし》の回転車を回させようとしたんですけど、肉を焼く時間になるとどこかに消えてしまうんだそうです。なのに焼き上がる時間になるとちゃっかり戻ってきて、焼き肉を貰っていくんだと言ってました」

「おまえ、そんなことしてたのか」

「バウ！」

「それから、屋敷には番犬が何頭かいるんですが、サーロはそいつらのボス犬になったみたいです。自分の何倍も大きな犬を従《したが》えて歩いているのはちょっと見物《みもの》でしたよ」

「本当か？　凄《すご》いな、サーロ」

その通りだ、と言わんばかりにバウバウと吠える。

「そうか。おまえは気楽でいいよな」

ルカはサーロの頭をぽんぽんと撫でた。

犬は未来の心配をしないから幸せなんだよな。

人間もそうなれたらいいのにな。明日のことなど考えず、今日一日を最大に楽しめたら毎日が幸せだろうに。

でも、人間は悩む生き物だ。自分も思い悩んでばかりいる。

カヴァリエリ宮からヌオヴォ橋へ向かうには、中央広場を抜けていく。中央広場は山のようにそびえる建物に囲まれ、足元には石畳が敷き詰められている。ダルジェント市に着いた日、その美しさに思わず見とれた広場だ。

だが、今日の広場はあまり美しいとは言えない状態になっていた。

広場の隅に晒《さら》し台が置かれ、二人の男が向かい合わせに晒し者になっていたのだ。衣服の代わりに穴を開けた麻袋を着せられ、首と手首を板枷《いたかせ》に挟まれている。投げつけられたと思《おぼ》しき腐《くさ》った野菜や卵が麻袋にも板枷にもこびりついていた。

「……行こう。ミケロット。ルカ」

マテオはルカを急《せ》かすように足早に広場を通り抜けた。

「マテオ。彼らは一体何の罪で……」

「何もしていない。ただ愛しただけだ」

愛……？

思わず広場の方を振り返る。向かい合わせに枷に繋《つな》がれた二人の男。

あ……！　と、思った。

ミストラ教会は同性同士で愛し合うことを自然に対する罪としている。

「彼らはどうなるんですか」

「三日間の晒し刑ののち、財産を没収《ぼっしゅう》され、焼き印を捺《お》されて追放される」

「酷《ひど》いですね……」

それではほとんど死刑宣告と同じだ。どこかの街に辿《たど》り着《つ》いたとしても、焼き印を捺されていては追放者だと一目で知れてしまう。

「帝国は、教会の力を自らのうちに取り込んでいる。だから教義がそのまま帝国法に反映されたんだ」

魔術師への弾圧と同じだ……。

ミストラ教会と帝国。絡み合う二本の大樹。

鉛《なまり》を呑み込んだような気分だった。

帝国の影の下で生きる限り、いつ自分も捕縛《ほばく》されるか分からない。その場合、自分に待っているのは火刑《かけい》だ。或いは、父のように拷問《ごうもん》で命を落とすかもしれない。

どう考えても、自分には明るい未来なんてなさそうだ。考えるほどに足取りも重くなってくる。

「ルカ。君は優しいな。だが君が心を痛めることはないよ。君には関係のないことだ」

「いえ……そういうわけじゃ……」

マテオに話してしまいたかった。せめて親の仇《かたき》がいることだけでも。

でも、それは出来ない。仇の話をしたら、どうしてそうなったのか話さなければならないだろう。そうしたらルカの家が古い神を祀《まつ》っていたこと、父が《力の術》の継承者であったこと、ルカ自身にもその《力》があることまで話す羽目《はめ》になる。

ルカの悩みは、誰にも話すことが出来ないのだ。『自由の庭』でも、どこでも。

やがてあの橋が見えてきた。

ひしめいていた小屋が無くなったために全く様変わりして見える。橋の上はすっかり片づけられ、その代わりに新しい建物の基礎が築かれていた。今度は、橋から大きくはみ出すことはなさそうだ。

「工事は大分《だいぶ》進んでいますね」

「ああ。君の言う通り、ダルジェントの新しい名所になるだろう」

話しながら橋の工事現場に近づいて行くと、川岸の道を三十人ほどの男女が気勢《きせい》を上げながらこちらに向かって歩いてくるのが見えた。

どうもカヴァリエリ、カヴァリエリ……と叫んでいるように聞こえる。

「ミケロット。あれは何だ？」

「さあ。何でしょうか……」

集団が近づくにつれ、何を叫んでいるのか分かってきた。

「カヴァリエリを許すな！」

「カヴァリエリは市民の橋から貧しい民《たみ》を追い出して金持ちのためのテナントにしようとしているんだ！」

「亭主は十日も牢に入れられたんだよ！　何もしていないのに！」

「聞いたか？　カヴァリエリは無辜《むこ》の民を投獄《とうごく》した！」

「横暴《おうぼう》だ！」

「俺達は何十年もタダで使ってきたのに、今になって追い出すんだ！」

どうやら、撤去された橋の上の小屋で営業していた連中らしい。過去何十年も無料で使っていたのなら、その分について感謝してもよさそうだと思うのだが、そうは考えないようだ。

それにしても大人数だ。あの橋の上に、あんなにたくさんの人間が住んでいたのだろうか？

気勢は次第にエスカレートしてきている。

「カヴァリエリの専横《せんおう》を許すな！」

「カヴァリエリは人民の敵だ！」

「カヴァリエリに死を！」「死を！」

ミケロットが小声で囁いた。

「危険です。引き返しましょう、マテオ様」

「ああ」

マテオが頷く。だが、少しばかり遅すぎたようだ。

集団の一人がこちらを指さして叫んだ。

「見ろ！　マテオ・カヴァリエリだ！」

「捕まえろ！　思い知らせてやるんだ！」

怒声が上がり、集団は雪崩《なだれ》を打って走り出した。

「ルカ、ミケロット、逃げるぞ！」

言われなくても！

必死になって走った。反カヴァリエリの集団は口々にわめき声をあげて追ってくる。

追われているのはマテオだが、一緒にいるのを見られていてあの連中に許して貰《もら》えるとは思えない。

そのうえ、橋の上のテナントに銀細工店を入れる案を出したのが自分だと知られたりした日には、袋叩きのうえ簀巻《すま》きで川に投げ込まれそうだ。

丸見えの川沿いの道から角を曲がって路地に逃げ込む。そうやって何度か角を曲がると追っ手の姿は見えなくなった。

まいたか……？　路地に身を潜め、聞き耳を立てて通りの向こうの様子を窺う。

「くそっ、カヴァリエリの奴ら、どっちへ行った！」

「追え！　捜せ！　手分けして捜すんだ！」

うわっ、しつこい！

三人と一匹は再び全力で走り出した。

こんなに走るのは、あの死にかけた男を助けて追われたとき以来だ。駆け足には自信があった筈なのに、楽な生活でなまったに違いない。

畜生、逃げ延びたら絶対足を鍛《きた》え直すぞ……！

そのとき、聞き覚えのある声が耳に飛び込んできた。

「マテオ！　こっちだ！」

ピエロ・モニチェリだ。路地の角で手招きしている。

どうしてピエロがここに？　と思ったが、それを訊ねる余裕はない。

ピエロの後について入り組んだ道を必死で走る。くねくねと折れ曲がる路地から路地へと逃げ続け、土地勘《とちかん》のないルカにはもう街のどのあたりにいるのかも分からなかった。

ピエロがゆっくり足を止めた。

「ここでいい……」

ミケロットが辺りを見回す。

「……もう追ってこないようですね、マテオ様」

「そのようだな」

マテオが仮面を外す。

ルカはぜーぜーと苦しい息を吐いた。運動不足が恨めしい。

ここはどこなんだろう。

路地の両側には切り立った谷のように石の建物が連《つら》なっている。建物の陰になって日の光は石畳にまで届かず、じめじめと薄暗かった。追っ手どころか、辺りには人っ子一人いない。

「バウ！」

サーロが吠えた。

「ああ、サーロ。迷子にならなくてよかった……」

「バウ！　バウ！」

サーロは四肢《しし》を踏ん張り、何か言いたげに吠えている。それからタタターッ、と路地の奥の方へと走り、ぴた！　と足をとめたかと思うとそのまま駆け戻ってきた。

「バウ！」

行き止まり？

そうらしい。路地奥は三方が石の建物に囲まれている。

「ピエロ、どうするんだ。行き止まりだぞ。来た道を戻るか？」

「いや。これでいいんだ、マテオ」

ピエロは路地に面した建物の木戸を拳《こぶし》で三回叩いた。

木戸が開く。抜き身の剣を手にした男達が姿を現した。

直感した。《力》を使わなくても分かる。

これは、罠《わな》だ……！

「マテオ！　逃げましょう！」

いま来た道を振り返る。

路地の入り口に四、五人の男の姿が見える。

どうやら、さっきの反カヴァリエリの集団の中で目立って大きな声を上げて扇動《せんどう》していた連中のようだ。だが、さっきとは打って変わって落ちつき払っている。男たちはこちらに背を向け、横一列に路地の入り口に立《た》ち塞《ふさ》がった。人払いするように。

嵌《は》められたんだ。最初から仕組まれていたんだ……。

考えてみれば連中があんなに遠くからマテオだと見分けるなんて変だったんだ。

「これはどういうことだ？　ピエロ」

「あの連中は勢子《せこ》だ。あんたをここに追い込むためのな。そして我々はあんたを仕留める猟犬《りょうけん》だ」

「私を裏切ったのか、ピエロ……」

マテオがちり、と剣の鯉口《こいくち》を切る。

「裏切りとはとんでもない。マテオ、俺は初めからあんたのことが嫌いだった。俺は鼻持ちならないのを我慢してあんたを立ててきたのに、あんたは俺を委員会に推挙《すいきょ》するのを拒《こば》んだ」

ピエロはせせら笑い、大剣を抜いた。

「フランチェスコ・ガッティはあんたの代わりに俺を百人委員会にいれてくれるそうだ」

「ガッティを信じるとは浅はかだな。だから私は貴様を推挙しなかったのだ。貴様は考えが足りないからな」

「何とでも言え。マテオ・カヴァリエリ。あんたは調子に乗りすぎた。ダルジェントに僭主は要らない。人民の敵は死ぬのだ。あんたが立ち退かせた人民の手にかかってな！」

「愚か者め！　だから貴様らにはダルジェントは任せられないというのだ！」

白刃《はくじん》が閃《ひらめ》く。先にしかけたのは、マテオだ。抜きざまに、目にも留まらぬ速さで斬り掛かる。

火花が散った。

ピエロが大剣でマテオの刃を受け止め、力任せにぎりぎりと押し返し、飛《と》び退《の》いた。

「やれ！」

刺客が素早く散り、周囲を取り囲む。

「マテオ様！」

ミケロットが剣の鞘《さや》を払い、マテオに駆け寄ってくる。

ルカも仕方なく腰に佩いた護身用の細い剣を抜いた。

「ルカ。君は剣は得意か？」

「からきしです……！」

「だろうな」

こんなことならもっと真面目に剣術の練習をやっておけばよかったと思うけれど、もう手遅れだ。

《力》を使うしかない。

こういう時、どう使えばいいのかよく分からないけれど、とにかく呼び出そう。

来い……目覚め……

ヒュッ！　という音が耳元で空《くう》を切った。

「うわっ……！」

刺客の剣がぎりぎりを通ったのだ。

マテオの剣が音を立てて刺客の剣を跳ね返した。

「ボケッとするな、ルカ！」

「は、はいっ！」

危なかった……もうちょっとで真っ二つに斬られるところだったんだ……！

心臓が張り裂けそうに鳴っている。

畜生、もう一度だ！

激しい動悸《どうき》のまま、歯を食《く》い縛《しば》って精神集中を試《こころ》みる。

目覚めろ……！　来てくれ、頼む……！

瞼の裏の光を捉《つか》まえかけた瞬間、視野の端に何かが映った。

敵刃《てきじん》……⁉

捉みかけた《力》はたちまちどこかへ霧散《むさん》してしまった。

敵の刃が銀色の流れを描く。無我夢中で剣を振りかぶった。重い衝撃とともに、ガキン、という金属音が響く。

当たった……！　まぐれだけど当たった！

受け止めた刃をそのままぎりぎりと押し返し、飛び退く。

「ルカ！　大丈夫か！」

「は……はい……っ！」

なんとか退《しりぞ》けたものの、膝はがくがく震え、頭は風の中の木の葉のようにくらくらだ。

駄目だ……こんな状態じゃ、とてもじゃないが集中できない……！

防御一方でじりじりと後退し、ついに路地奥に追いつめられた。マテオとミケロットもだ。壁を背に、刺客と睨み合う。

こちらは三人。敵はピエロを入れて七人だ。路地の出口にも少なくとも四人いる。

これって絶体絶命ってやつじゃないか……⁉

ミケロットが囁いた。

「このままではみな殺されます……！　マテオ様、私が囮《おとり》になって敵を引きつけますから、どうかその隙にお逃げ下さい……！」

「駄目だ、ミケロット！」

「マテオ様、いままでお側《そば》に置いてくださって、ありがとうございました……！」

「待て！　ミケロット！　行くな！」

「カヴァリエリ万歳《ばんざい》！」

ミケロットは大きく鬨《とき》の声をあげ、剣を振りかざして刺客の輪の中に突っ込んでいった。

「うわあああああああッ！」

重い金属音を立てて刃が交差する。

大きく上段に振りかぶった瞬間、刺客の大剣がミケロットの胸を深く刺《さ》し貫《つらぬ》いた。

「ミケロット……！」

「マテオ様……逃げて……」

剣が引き抜かれると同時に、朱に染まったミケロットの身体は石畳に崩れ落ちた。

「ミケロット！　ミケロット――――！」

なんてことだ……。

ミケロットが。ミケロットが。死んだんだ。

ついさっきまで笑い合っていたのに。いい奴だったのに。いい奴だったのに……！

僕が《力》を呼び出せていたら、ミケロットを死なせずに済んだんだ……。

「おお……許さぬ……！」

隣にいたマテオが疾風《はやて》のように奔《はし》り出した。凄い速さだった。何が起きたのかよく分からないうちに、ミケロットを斬った男は石畳に倒れていた。

マテオは血に塗《まみ》れた剣をだらりと下げ、肩で荒く息をついた。

残る刺客たちは少し下がり、鹿を追いつめた猟犬の群れのように遠巻きにマテオを囲んでいる。

「次はどいつだ！」

ひゅっ、と鋭く風を切る音がし、何かが石壁にぶつかって跳ね返った。細長いものがからからと石畳を転がる。

投擲《とうてき》ナイフだ。

マテオは左腕を見下ろした。コタルディエの袖《そで》が切れ、二の腕に血が滲《にじ》んでいる。

「ピエロ！　この卑怯《ひきょう》ものめ！」

「俺だって使いたくはなかったが、どんな手段を使ってでも、と言ったのはあんただ、マテオ」

ピエロ・モニチェリはそう言うなり、奇妙な形の鞘に収まった投擲ナイフを抜き、マテオに向かってつぎつぎ投げつけた。

音を立ててナイフが空を切る。

だが、ピエロはあまり上手《うま》い投げ手ではなかった。

投げたあと次に投げるまで間《ま》が空くから、マテオの側には対応に余裕がある。片手で剣を振るい、飛んでくるナイフを空中で捉えて次々に払い落としていく。

何か変だ。ピエロはなぜ上手くもない投擲ナイフを使っているのだろうか。これがどんな手段を使ってでも、なのか？

ピエロの手元のナイフがなくなった。すべてのナイフは叩き落とされて石畳に散らばっている。

「こんなもので私を倒せると……で……も……」

剣を持つマテオの手がゆっくりと下がり始めた。剣の切っ先が激しく震えている。

マテオ……？

「効いてきたようだな」

「ピ……エ……ロ……きさま…………！」

「手が痺れるんだろう？　ガッティ家秘伝の毒薬だそうだ」

最初に腕をかすめた投擲ナイフに既に毒が仕込まれていたんだ……！　あとは、毒の回りを速めるためにナイフを投げ続けて払い落とさせていたんだ……！

澄んだ金属音を響かせて石畳に剣が転がった。

マテオの肩が揺らぎ、ふらりと足がよろける。

「マテオ！」

ルカは剣を投げ捨て、石畳に崩れ落ちる寸前に両手でマテオを抱き留めた。

「マテオ、マテオ！　しっかりして下さい！」

「……ル……ル……カ……？　み……み……え……な……」

目の焦点が合わせられないんだ……。

舌も回らなくなってきている。指先や手の痺れから始まり、瞼や唇が麻痺して、そして……。

マテオは死ぬ。自分も死ぬんだ。

父の仇を討つこともできないままに。いま。ここで。

「とどめは俺が刺す」

見上げると、大剣を両手持ちに構えたピエロが真上に立ちはだかっていた。

「フォルトナート。邪魔だ。そこをどけ」

「い、厭《いや》だ……！」

マテオを膝に抱くようにして上から覆いかぶさった。

どいたって、どうせ殺されるんだから。マテオを守って死んだ方がいい。

「なら、一緒に叩き切ってやる！」

ピエロが大きく剣を振りかぶる。

殺《や》られる……！

目を固くつぶってとどめの太刀《たち》が降ってくるのを待った。傍らでサーロが激しく吠えているのが聞こえる。

サーロ、逃げてくれ。おまえの敵《かな》う相手じゃない。

マテオ、助けられなくてごめん。僕がもっとしっかりしてたら、みんな死なないで済んだんだ……。

すぐ近くで吠えていたサーロがきゃんきゃん鳴きながら後ろに回り込んでマントの下に潜りこむ。

馬鹿犬、逃げろと言ってるのに——そのとき突然、瞼の裏に縦横無尽《じゅうおうむじん》に光の筋が奔《はし》った。

《力》……？

光は一瞬にして視野いっぱいに広がり、ルカの世界全体を金色に染め、唐突に霧消《むしょう》した。

なんだったんだ……？　今の！　消えてしまったら使えないじゃないか……！

燃え尽きる蠟燭《ろうそく》の最後の輝きか……？

腕の中のマテオをしっかりとかき抱く。

ヴォロロロルルルルルル……………

地鳴りのような音が路地を震わせている。気になって仕方ないが、怖くて目が開けられない。目を閉じたまま縮こまっていると、今度は凄《すさ》まじい悲鳴が聞こえてきた。絶叫と言っていい。

いったい何なんだ……？　何が起こっている……？

とどめの太刀はまだ降ってこない。

もう我慢の限界だった。恐る恐る目を開けてみる。

巨大な黒い影が目に飛び込んできた。

獣だ。

熊ほどもある獣がピエロの腕を口に銜えてボロ雑巾《ぞうきん》のように振り回していた。

ピエロの仲間の刺客たちは剣を構えて遠巻きに獣を取り囲んでいる。一人が叫び声をあげて後ろから斬りかかった。

剣が獣の横腹を捉えたかに見えた。

獣が怒りの声をあげて頭を激しく振る。ピエロの身体は壁に投げつけられ、壁に赤い絵の具を塗りたくったような筋をひいてどさりと石畳に落ちた。

再び刺客が獣に斬りつける。

獣はくるりと振り返り、太い前脚で一撃のもと払いのけた。刺客の身体はまるで紙人形みたいにやすやすと吹っ飛び、壁に激突して動かなくなった。

ヴォオオオロロルルル…………！

路地いっぱいに、下腹に染みるような咆哮《ほうこう》が響きわたる。

僕は夢を見ているのか……？

「うわあああああ！　化け物……！　化け物だ……！」

悲鳴を上げながら逃げ出す残りの刺客たちに獣が躍《おど》りかかる。

猫が鼠《ねずみ》を捕らえるのよりもあっけなかった。

刺客たちが瞬《またた》く間に獣の爪《つめ》と牙《きば》にかけられ、次々血の海に沈んでいくのをルカはただ呆然と見守っていた。

獣がゆったりとした足取りでルカの方に向かってくる。路地の入り口を塞いでいた連中は、逃げてしまったらしかった。

僕の番……か……。

だが不思議と怖くなかった。もう怖いという感覚を使い果たしてしまったのかもしれない。

マテオを抱えたまま、ひたすらに獣を凝視《ぎょうし》し続ける。

今までに見たことのある一番大きな雄牛《おうし》よりも大きく、どんな獣とも異なっていた。

魔獣……？　そう、魔獣だ。他に言いようがない。

巨大な獣は全体では何にも似ていないが、近くで見るとそれぞれの部分はどこか見知った獣のものだと分かった。

頭は黒毛の狼に似ている。

首周りを覆う長いたてがみは獅子《しし》にそっくりだ。だが太い前脚のしなやかさは狼でも獅子でもなく、むしろ熊だった。引き締まった胴体とバネの効くしなやかな後脚《あとあし》は獅子を思わせたが、長い尾はふさふさと豊かな狼のものだ。

獣が正面からまっすぐに見下ろす。

北方産の麦酒《ビール》のように濃い琥珀色《こはくいろ》の眼。二等辺三角形のように三角にピンと立った耳。額には一ヵ所、三日月を思わせる白い毛が生《は》えている。

この取り合わせ。見覚えがある……！

頭の中で様々な情報がぐるぐる回った。

魔獣はいったいどこから現れた？　この狭い路地に？

そうだ。サーロはどこに行った？　魔獣が現れる直前には確かに路地にいた。

今、サーロはどこにいる……？

「おまえ……サーロだろう……？」

ゆっくりと手を伸ばす。

ふさふさとしたたてがみに触れそうになった瞬間、魔獣は迷惑そうにふっと首を横に逸《そ》らした。

ヴォルル……

大きな口がぱっくり開き、鋸《のこぎり》のようにずらりと並んだ歯の間からピンクの舌がちらりと覗く。

った。

人語《じんご》を解《かい》するということは、この獣が全く自然のものではなく、魔法に属するものだという証拠だった。

喋《しゃべ》った……！

「……あんたが勝手にそう呼んでるだけだ」

でも、それより何より驚愕したのは――。

「やっぱりサーロなんだな……！」

確かに妙に賢《かしこ》かったし、その割に性格は悪かったけど……。

「だから、その名前はあんたが勝手につけたんだと言っただろうが！」

あ……そういえばそうだった。

サーロって名でいいか、と訊いたとき、サーロはひどく不満そうにしていたんだっけ。

「それじゃ、おまえは本当は何ていう名前なんだ……？」

「あんたに教える名はない」

「名前を知らないと不便だろう？」

魔獣は喉の奥で唸《うな》り、石臼《いしうす》を転がすような低く不機嫌な声で言った。

「……あんたがそう呼びたければ、サーロと呼べばいい」

なんだ。結局僕がつけた名前を使うのか。

「じゃ、サーロ」

「気安く呼ぶな！」

「呼べと言ったじゃないか、サーロ」

「言ったが……！　くそ、この馬鹿ルカめ！」

獣は地鳴りのような声で怒鳴ったが、サーロだと思うと何だかもう全然怖くない。怖さを感じる感覚がマヒしているのかもしれないが。

ルカは魔獣を見上げた。

本当に大きい。頭の高さは大人の人間より高いくらいだ。

触ってみたいという誘惑に勝てず、手を伸ばして魔獣の横腹をぽんぽんと叩いた。すべすべした毛の下で鋼《はがね》のような筋肉がぴくりとし、苛立たしげな唸り声が響く。だが、それでもルカを振り払ったり攻撃したりはしてこない。

不機嫌なときのサーロがそうだったように。

「サーロ。僕を助けてくれたんだ？」

「あんたが不甲斐《ふがい》なさすぎるからだ！　それだけの魔力を持ちながら、なぜ火急《かきゅう》の際に使わんのだ！」

それを言われると痛い。

「落ち着いて精神集中しなけりゃ駄目なんだ。あんな状態じゃ集中できない」

獣は腹立たしげにぐるぐると唸った。

「役に立たん奴だな！　とにかく人間に見られる前に早くここから逃げるのが先決だ、馬鹿ルカ」

「逃げちゃ駄目だよ！　マテオとミケロットをカヴァリエリ宮に連れて帰るんだから」

「無駄だ。ミケロットは死んでいる。死んだ奴は放っておけ」

「なんてことを言うんだよ、サーロ！　ミケロットはいつもおまえに骨付き肉をくれたじゃないか」

「骨付き肉をくれたことは感謝している。肉がたっぷりついていたしな。だがそいつはもう死んだんだ。そこに転がっているのはただの死体だ」

「人間は、そういう考え方はしないんだ。死んでもミケロットはミケロットなんだよ……」

いずれ反カヴァリエリの勢力は事の成り行きを確かめるためにここに戻ってくるだろう。マテオ暗殺に失敗し、仲間が殺されたことを知った連中がミケロットの遺体を見つけたら——ゾッと背筋が寒くなった。

連中は恐らく遺体を辱《はずかし》める。

連中がミケロットに何をするか、考えただけで吐きそうだった。街道に晒された死体を見たことがある。人間は、死んだ人間にだって非道《ひど》いことが出来るのだ。

絶対に、ミケロットをここに置いてはおけない。

「ミケロットも連れて帰るんだ。三人で来たんだから、帰りも三人でなけりゃ……だから手伝って欲しいんだよ」

「馬鹿ルカめ！　どうしても連れ帰ると言うんなら、あんた一人でやるんだな。俺がこの姿で人間の宮殿に行ったらどうなるか、少しは考えてからものを言え」

「元の姿に戻ればいいじゃないか」

「好きに姿を変えられるならとっくにそうしている！　それが出来ないからずっとあの姿だったんだ！　それから一つ言っておくが、こっちが本来の姿だ！」

「そうなのか」

内心、出来ないことを威張《いば》るなよ、と思った。

待てよ。出来ないならどうやって変身したんだ？

ピエロに斬られそうになったあの決定的な瞬間に。

あのとき、力の光を視《み》た。大量の光だ。使わないのに消えた。

いや違う。

使ったんだ……サーロの姿を変えるのに！

あのとき、助かりたいと強く願っていた。自分とマテオを助けたいと。たぶん、自分でも知らないうちに刺客を倒す一番確実な方法を選んだんだ。

姿を変える魔法は高等技だ。父から聞いたことはあるけれど、実際に使ったのを見たことはない。父にも難しかったのかもしれない。

もちろんルカには出来っこないが、この場合はもともとサーロ自身が内側に持っている別の姿があって、それを外側に引っ張り出しただけなのだ。一つの相からもう一つの相に移しただけで、本当に姿を変えたわけじゃない。

だったらもう一度やれるかもしれない。

魔獣に手を触れたまま、深く息をして精神を集中する。

来い……！

目をつぶるのとほとんど同時に瞼の裏に光が流れた。

驚いた。こんなに素早く呼び起こせることなんて滅多《めった》にないのに。

悔しい……！　なんでさっきは出来なかったのか。あのとき呼び起こせていたら、ミケロットを助けられたのに……。

マテオだけでも絶対助けなければ。でも、それは一人では無理だ。

金色の光の筋を《探索》の形で魔獣のサーロに向ける。

巨大な魔獣の軀《からだ》の奥深くに小さな黒い影があるのが視えた。尖った口元、三角にピンと立った耳、ふさふさと巻き上がった尾。

サーロだ……。

魔獣の言葉だけでは確証はなかったが、《探索》で視てみてはっきり分かった。

本当にサーロなんだ。おそらく黒犬のサーロの時には内側に魔獣のサーロが入っていたのだろう。なんて奇妙なんだ。

こんなものは見たことも聞いたこともない。魔獣のサーロ自体、複数の獣の形が混ざった不思議なものだが。先祖が使っていた魔法とは違う種類の魔法なのかもしれない。

未知のものであっても、《探索》で知ることは可能だ。さらに《探索》を奥へ奥へと伸ばす。

魔獣の中に別の姿があるのが視えた。

二本の腕を持ち、二本の脚でまっすぐに立っている。

こっちの方が、役に立ちそうだ。

金色の光を《力》の形に戻して触手《しょくしゅ》のようにサーロの奥深くにある別の形に巻き付け、慎重に引っ張った。

サーロの中の別の姿がゆっくり表面に上がって来る。あと少し……あと少し……来た！

「おい……？　俺に何をしている、馬鹿ルカ！」

「静かに、サーロ」

「止《や》めろ……！　止めるんだ！　俺は犬には戻らな……」

かまわずに《力》で釣り上げ、引きずり出す。

魔獣サーロのもう一つの姿を。

「ウオオオオオオオォォォ！」

魔獣が咆哮した。その姿が歪《ゆが》み、形を失う。それは黒いつむじ風のように渦《うず》を巻き、ぎゅるぎゅる回転し、そして一つの形に細く絞《しぼ》り込《こ》まれていく。

形が定まった。

「……おおおおおお……！」

つむじ風が回転していた場所には、黒衣《こくい》の男が蹲《うずくま》っていた。

北方産の麦酒のように濃い琥珀色の眼。漆黒の髪には一房白い部分がある。

男は呆然と自分自身の手を見つめた。

「……なんてこった！　俺は人間になったのか……⁉」

「僕にそんな大魔法は使えない。その姿は元々おまえの中にあったんだ。僕はそれを引き出しただけだよ」

自分でもちょっと信じられない上首尾だ。ルカはにっこり笑った。

「サーロ。手伝ってくれ。マテオとミケロットを運ぶんだ」

4．これ以上悪いことなんてない

カヴァリエリ宮までの道程はうんざりするほど長かった。自分と同程度の体格の人間を両肩に負《お》って歩くには。

ルカは息を切らし、一歩ずつよろよろと前進した。

「マテオ、しっかりして……あと少しでカヴァリエリ宮に着きますからね……返事して下さいよ、マテオ……ああ畜生《ちくしょう》、あなたはなんて重いんだ……」

気を紛《まぎ》らわすために肩に背負ったマテオに話し掛けてみるけれど、ぴくりとも反応しない。人間の姿でミケロットの亡《な》き骸《がら》を運んでいるサーロがこっちをちらりと振り向いた。

「おい、ルカ。そいつはもう死んでるんじゃないか？」

「黙れ、サーロ……マテオは死んでなんかいない……ぜったい、助けるんだからな……」

サーロは軽々と両手でミケロットを抱えている。ミケロットの方が軽いんじゃないかと思ったが、たぶんそうではなくてサーロが馬鹿力なのだ。三回くらい本気でへこたれそうになったあと、ようやく宮殿の入り口に辿《たど》り着《つ》いた。

報《しら》せを受けたステラ・カヴァリエリが裳裾《もすそ》を翻《ひるがえ》して駆け寄ってくる。

「ルカ・フォルトナート！　いったい何があったのだ⁉」

「刺客《しかく》の群れの中に誘い込まれたんです！　ピエロ・モニチェリが裏切ったんだ！」

ホールの長椅子にマテオとミケロットを寝かせる。

「ミケロットは駄目でした……でもマテオはまだ息があります！　毒の刃《やいば》でやられたんです！　ガッティ家秘伝の毒だそうです！　すぐ医者を呼んでください！」

ステラの顔色がサッと変わった。

「ガッティ家の毒……？」

「そうです、ピエロがそう言ってました……！」

「ガッティの毒……なんということだ……！」

ステラは食いしばった歯の間から絞《しぼ》り出《だ》すように言った。固く握りしめた拳《こぶし》がぶるぶると震えている。

「ピエロが手引きしたのか……？　ピエロはどうした？」

「え……？　死んだ……んじゃないかと……」

確認しなかった……動かないから死んだと思った。魔獣のサーロが銜《くわ》えて振り回して壁に投げつけたんだ。

「……生きていたら後悔することになるだろう。生まれてきたことをな……！」

そう言ったステラの声音は、どんな勇猛な男でも心胆寒《しんたんさむ》からしめるものだった。ルカはピエロが確実に死んでいることを祈った。自分のためにも……ピエロ自身のためにもだ。

「ルカ。そなたが刺客を倒したのか……？」

「まさか！　彼ですよ……！　ミケロットを運んできた……」

言いながら振り向く。一瞬、消え失せてしまっているのではないかという考えが頭をよぎったが、サーロは人の姿のまま所在なげにそこに突っ立っていた。

「僕の友人なんです。彼が助太刀《すけだち》してくれたんです！　ほとんど彼が倒したんですよ！　彼がいなかったらマテオも僕も死んでいました……！」

ステラは厳しい顔で眉根を寄せ、値踏みするようにサーロを眺めた。

「そなたが刺客どもを倒してくれた勇者なのだな。カヴァリエリとして、礼を言う」

「俺はルカを助けただけだ。だが、ミケロットは無駄死にだった。ルカの馬鹿がもっと早く俺を喚《よ》んでいれば二人とも助けられたものを」

「サーロ。やめろ」

話をややこしくするのは止《や》めて欲しい。

だいたいサーロが何者なのかという言い訳をまだ考えていなかったじゃないか。

あ、しまった！　なんで僕は今こいつをサーロ、って呼んでしまったんだろう！　言い訳の幅が狭まってしまった……。

「ミケロットは立派でしたよ！　彼は自《みずか》ら楯《たて》になってマテオを守ろうとして斬《き》られたんです……！」

だが、それでマテオは冷静さを失った。ミケロットは自分で考えていたよりもずっとマテオに愛されていたのだ。今更それが分かってもどちらも救われないけれど。

「ああ……ミケロットは兄上を崇拝《すうはい》していたからな……カヴァリエリの名に於《お》いて最高の葬儀をだしてやろう」

「は……はい！　ミケロットは喜ぶと思います！　ですが今はマテオの方が緊急です！　早く医者を呼んでください……！」

「……いや。兄上に医者は必要ない」

「でも、シニョリーナ……！」

「必要ないと言ったのだ！」

ステラの剣幕《けんまく》にルカはギョッとなった。噛みつかれるかと思うような勢いだった。

「その……兄上は、眠っているだけだ」

それからステラはマテオを寝所《しんじょ》に、ミケロットを宮殿の礼拝堂に運ぶよう使用人に命じた。

「……サーロといったな。そなたとルカは一緒に来て欲しい」


天蓋《てんがい》の下、真っ白なシーツに横たえられたマテオは瞼《まぶた》を閉じて静かに眠っていた。苦痛の色はなく、その顔は穏やかで美しかった。

マテオの寝所に入ることを許されたのはルカとサーロ、そしてステラの許婚《いいなずけ》ロレンツォとマテオの許嫁ベアトリーチェだけだ。

ロレンツォとベアトリーチェは身を寄せあうようにして啜《すす》り泣いている。

サーロについてはたまさか通りかかって助けてくれたのだと説明した。苦しい言い訳だが、こんな時なのでそれ以上は詮索《せんさく》されなかった。

ステラは拳を固く握りしめ、無言でいらいらと寝台の周囲を歩き回っている。

医者は呼んでいない。

手当てといえば腕の傷を洗って布を巻いただけだ。毒は既に回ってしまっているから、洗っても大した効果は期待できない。このままではここまで連れ帰った苦労が水の泡だ。

「シニョリーナ・ステラ、どうして医者を呼ばないんですか！　今は安定していてもこれから悪くなるかも……」

「黙れ！　ルカ・フォルトナート！」

「シニョリーナ・ステラ……」

「……怒鳴って悪かった。医者に出来ることは何もないのだ……ガッティ家の毒は、毒魚《どくぎょ》から作った毒だ。あれにやられて二日生きた者はいない。苦しまないのだけが救いだ……」

「毒魚……ですか……！　それは……」

その効き目について記《しる》した書物は読んだことがあった。

毒魚の毒は遅効性《ちこうせい》なのだ。最初は手が痺《しび》れるだけでも、時間の経過《けいか》につれてゆっくり確実に進行していき、しまいには呼吸が止まって死に至る。

解毒剤《げどくざい》はない。治療法も知られていない。

「ロレンツォ、葬儀の手配を頼む……ステラ・カヴァリエリとミケロット・バレッラの葬儀だ」

ロレンツォが大声を上げて泣き出した。

「ああ、そんな……」

「泣かないでくれ、ロレンツォ。そなたにしか頼めないのだ」

「ごめん、ステラ……。ステラの方が辛《つら》いのは分かっているのに……これは僕がやらなければならないことだものね……」

ベアトリーチェも泣いていた。水蜜桃《すいみつとう》のような頬は林檎《りんご》の赤に染まり、潤《うる》んだ瞳に盛り上がった涙の粒は睫毛《まつげ》の堰《せき》を乗り越えて今にもこぼれ落ちそうだ。

「……ステラは……ステラはどうするの……」

「分かっているだろう、ビーチェ。共和国に必要なのはマテオ・カヴァリエリだ。ステラじゃない」

「でも、人に知られたら……」

「大丈夫、誰にも分かりはしないよ。踵《かかと》の高い靴を履《は》けばな」

ようやく意味が呑み込めてきた。ステラは、自分の方が死んだことにしてマテオの仕事を引き継ごうとしているのだ。

確かにこれだけ似ているのだからバレないかもしれない——が、無謀《むぼう》だ。一生周囲を騙《だま》し続けるなんて。

「……ステラとミケロットの葬儀は盛大に行おう。喪主《もしゅ》はマテオ・カヴァリエリだ」

「待って！　待って！　待ってくださいよ！」

ルカは跳び上がって叫んだ。

「シニョリーナ・ステラ、貴女《あなた》はマテオが死ぬって決めつけている！　僕はマテオを助けるために運んだんだ、埋葬《まいそう》するためじゃない！　僕に治療させて下さい！　僕ならマテオを助けられるかもしれない！」

「そなたは遍歴《へんれき》学生に過ぎないではないか。医者に出来ないことが出来るとでもいうのか……？」

「確かに僕はただの学生だけど……僕には、ち……ち……」

あわや《力》と言いかけ、舌を噛みそうになりながら言い換えた。

「ち、知識があるんだ……！　僕が知っていて、この国の医者が知らないことだってあるかもしれないでしょう!?」

ステラは何か言いかけて止《や》めた。冬空の色の眼が探るようにルカを見つめている。

「……そなたは、どうして一人だけ無事だったのだ？　ミケロットは死に、兄も毒刃《どくじん》に倒れたというのに？」

「え？　何を言ってるんですか、シニョリーナ・ステラ……」

「兄はそなたを信用していたが、私は完全に信じているわけではない。そなたは兄に取り入って我が家に入りこんだ。そなたがもとより刺客の一味で、兄の動向を敵に流していたのでないと、どうして言える？」

いったいどうしたらそんな発想が出てくるんだ？

「僕が刺客だったら戻ってくるわけないでしょう!?　とどめを刺して高飛びしてますよ！」

「毒を使ったのなら兄が助からないのは分かっている。疑いを逸《そ》らすための芝居とも考えられるではないか」

「裏切ったのはピエロですよ！　彼はフランチェスコ・ガッティに百人委員会に推薦して貰《もら》う約束をしてたんだ！」

「ピエロが死んだのなら、証言する者はいないわけだ。そなたには都合の良いことだな」

ステラの声は、氷原《ひょうげん》を吹き渡る風もかくやという冷たさだった。

暗殺者の一味と疑っているなら、どうしてステラは自分とサーロをこの部屋に入れたんだ……？

自分たち二人がマテオ暗殺の目撃者だからだ！

死の床《とこ》にいるのがステラでなく、マテオ本人だということを外で喋《しゃべ》らせないためだ。もしかしたら永遠に沈黙させたいと思っているかもしれない。

遍歴学生の一人や二人、いなくなったとしても誰も気に留めない。そう、酔った学生が川で溺《おぼ》れたり、裏通りで強盗に刺されたりはよくあることだ。カヴァリエリ家はそれを実行する忠実な部下には事欠かないだろうし、ステラは命令を下すのを躊躇《ためら》わないだろう。

もちろんマテオはルカが裏切ったのではないことを知っている。マテオが話せるようになれば、自分の疑いも晴れる。

なんとしてでもマテオに恢復《かいふく》して貰わなければ。

医者では助けられない。でも、自分になら出来るかもしれない。

「シニョリーナ・ステラ、お願いですから僕を信じて下さい！　いや、信じなくてもいい！　とにかく僕にやらせて下さい！　何もしないで諦めるよりはいいでしょう！」

　ステラは論外だと言いたげに首を振った。

「無駄なことだ。せめて安らかに神の御許《みもと》に旅立たせたい……」

　そのとき、ぐすぐす泣いていたロレンツォが顔を上げた。

「……ステラ……ルカにやらせてみてはどうだろうか……？」

「馬鹿なことを、ロレンツォ。彼にマテオをゆだねろと言うのか？　言った通りの者なのかどうかも分からないというのに？」

「でも……でも……！　失敗したっていいじゃないか！　死より悪いことなんてないんだから……何もしなければマットは死ぬだけなんだ……！」

　ロレンツォはハンサムな顔を真っ赤にしてステラに食って掛かった。

「お願いだ、ステラ！　マットが死んだらもう失うものなんかないんだ……！」

「ステラ、わたくしからもお願い……！　試すだけでも……何があっても今より悪くなることはないでしょう……？」

　ベアトリーチェの星を宿す黒曜石《こくようせき》の瞳から真珠の涙がぽろぽろこぼれ落ちる。

「ビーチェ……」

　ステラは二人の顔を眺め、大きく溜め息を吐いた。

「……分かった。ロレンツォ。ビーチェ。ルカにやらせてみよう」

「ありがとうございます！　シニョリーナ！」

「私に礼を言うことはない。本当に結果を出せるのならな」

「全力を尽くします！」

だが、どうやってマテオを助けたらいいのか。

毒魚の毒素が血管に入ったのなら、マテオに残された時間は半日か一日だ。ステラは二日生きた者はいないと言った。

助けるには、体内の毒を取り除くことだ。これは心の臓の血管に詰まった血塊《けっかい》を取り除くよりずっと難しい仕事だけれど、《力》を上手く使えば不可能ではないと思う。

問題を難しくしているのは《力》で治療したことを知られないようにしなければならないことだ。《力の術》は、知らない者には教会が禁じる悪魔の術――魔術そっくりに見える。

治療する間、全員にこの部屋から出ていって貰おうか？　いや、むしろ怪しまれるような気がする。それにステラが承知しないだろう。尤《もっと》もらしく治療をしているふりをしなければ。

「ルカ、必要なものがあったら何でも言ってくれ！」

と、必死顔のロレンツォ。頭の奥に、一つの考えが閃《ひらめ》いた。

「……卵を用意させてください。新鮮で、生きていて……雛《ひな》になるやつを」

ロレンツォは驚くほど短時間で籠《かご》いっぱいの卵を集めてきた。五十個ほどもある。

「ルカ！　これで足りるかい？」

「充分ですよ！　いったいどうやってこんなに……？」

「広場に行って、雌鳥《めんどり》が温めている卵をすぐに持ってきたら一個一リラで買うと言ったんだよ。街の中心をちょっと離れれば、裏庭で自宅用の鶏《にわとり》を飼っている家は多いんだ」

なるほど。随分高い卵だけれど、マテオ・カヴァリエリの命が贖《あがな》えるなら安いものだ。卵を光に透《す》かした。殻《から》の中で育ち始めた小さな心臓が脈打っているのが見える。注文通りだ。ルカは共和国に来てから用無しになっていたいんちき万能薬を引っ張り出し、桶《おけ》に張ったぬるま湯に溶いて卵を浸《ひた》した。

ステラは鋭い眼差《まなざ》しでルカの一挙一動を注視している。

「それは何だ」

「毒素と引き合う性質をもった薬です。これを染《し》ませた卵で毒素を引き寄せて取り除くんです」

「それは効くのか……?」

「分かりません。実際に試すのは初めてです」

初めてどころか、今さっき考えた方法だ。必要なのは受精卵だけで、『万能薬』は尤もらしく見せかけるための飾りに過ぎない。

要は、それらしく見えること。

実際の治療の成否《せいひ》は《力》を呼び出してうまく操《あやつ》れるかどうかにかかっている。

「誰か、僕が治療をしている間、彼が息をし続けているかを確認してくれますか?」

ステラが何か言いたそうにぴくりとしたが、それより早くベアトリーチェが志願した。

「わたくしがやります!」

「頼みます。羽枕の羽か何かで呼気《こき》の流れを見ていて下さい」

「これでいいでしょうか」

ベアトリーチェは髪飾りから奇麗な色の鳥の羽を一枚、毟《むし》り取《と》った。ルカは彼女を安心させるためにっこり笑った。

「完璧ですよ。じゃあ、治療を始めます！」

（マテオ、きっと助けますからね……）

心の中で呟き、腕に巻かれた白布を解《ほど》いた。投擲《とうてき》ナイフが掠《かす》めただけの傷は浅く、傷口はきれいだ。

瞼を伏せ、自分の奥深くにある内なる力に呼びかける。

（来い……目覚めるんだ……）

《力》の先触れが遠雷《えんらい》のようにちかちかと額《ひたい》の奥で疼《うず》いた。だが、表面にはやってこない。

（くそ、すぐそこまで来てるのは分かってるんだ！　目覚めてくれ……！　はやく……！）

辺りは痛いほどの静寂に包まれていた。目を伏せていても、ステラの氷のような視線の圧力がチリチリと感じられる。

集中、集中するんだ……来い、来てくれ、さあ！

必死に呼び起こした《力》の感触は儚《はかな》く、捉《つか》まえようとすると舌先に乗せた雪の欠片《かけら》よろしく消えうせた。

どうしたって言うんだ。さっき、あの路地ではあれほど簡単に呼び出せたのに……！

とりあえず《力》を呼び出すのを諦めて治療をする振りだけでもしようか？　だけど、そんなことで気を散らしていたら《力》を呼びだせる可能性はますます低くなってしまう。マテオの命を救える可能性もどんどん小さくなっていくのだ。

そのとき、静寂を破る者があった。

「ルカ。何をぐずぐずしてるんだ」

なんと、サーロだ。

さっきからずっと黙りこくったままだったのが、ルカの肩越しにマテオを覗き込もうとしている。

「黙っててくれ、サーロ。集中出来ないじゃないか」

「けど、早くしないとそいつは死んじまうぞ」

サーロの手が乱暴に肩に掛かる。

その瞬間、瞼の裏いっぱいに花が開くように光の筋《すじ》が広がった。

(……来た！　来た！　《力》だ……！)

《力》の光は恐ろしいほどの速さで視野全体を金色に染め、さらに止めどなく溢《あふ》れるように湧《わ》き上《あ》がってくる。今まで呼び出せなかったのが嘘のようだ。

ルカは瞼を閉じ、《力》を《探索》の形に変えた。常人には見えない無数の光の触手《しょくしゅ》が横たわるマテオの姿をルカの脳裏《のうり》にくっきりと浮かび上がらせる。

(毒は、血に混じって血管の中を流れている)

《探索》は髪の毛よりも細くなって血管の中に滑《すべ》り込《こ》んだ。

探せ。毒。不純物。組織の活動を阻害《そがい》するもの。嫌なもの。

細かく分岐《ぶんき》した触手が何かを感じた。《嫌なもの》だ。

（見つけた！　捉まえろ！　うまくいくか……？）

血に混じる《嫌なもの》を光の触手が吸い付ける。

これだ。これが毒素だ。手にした卵でマテオの腕の切り傷をなぞる。同時に光の触手を引き抜き、抱えている《嫌なもの》を殻の中に落とし込んだ。卵の中の小さな心臓が痙攣《けいれん》して毒素が確実に卵に移ったことが分かった。

（うまくいった！）

これは手始めに過ぎない。ルカは光の触手をさらに細かく分岐させ、轟々《ごうごう》と流れる血が運んでくる《嫌なもの》を、触手で濾《こ》しとっては次々と卵の中に移し替えた。

（いいぞ、この調子で解毒を進めれば――）

そのとき、ベアトリーチェが悲痛な声をあげた。

「……マテオ様が息をしていません！」

なんだって？

慌てて胸に耳を押し当てた。苦しげに空回りする短い咳《せき》のような音が響いてくる。胸の筋肉が麻痺《まひ》してきているに違いない。《探索》を《力》の形に戻して胸の動きを補佐するとマテオは再び規則正しく呼吸し始めた。だが、解毒と同時になんて器用なことは無理だ。

「誰か、彼の唇に息を吹き込んで！」

「僕がやります！」

ロレンツォだった。

「お願いします！　うなじに枕を当てて、ゆっくり、落ち着いて、自分が呼吸する要領で！」

「はい！」

ロレンツォはマテオの顔を上向かせ、その唇を開いて接吻《せっぷん》するように恭《うやうや》しく息を吹き込んだ。

「いいぞ！　続けて！」

ルカは目を閉じて《力》を《探索》の触手に変え、マテオの血の中から毒素を濾しとって卵に移すことに専念した。卵の中の小さな心臓が死ぬと新しいのに代えた。最初の十個は、どれもあっという間に死んだ。二十一個目の卵は、その前の二十個より少し長く保った。三十個目になるとかなり長かった。

そして三十五個目の卵は――死なずに生き続けた。

(卵を殺せないほど血の中の毒素が薄まったんだ)

「……ロレンツォ、いったん息を吹き込むのを止めてみて下さい。マテオが自分で呼吸出来るかどうか確認します！」

懸命に息を吹き込み続けていたロレンツォがおずおずと下がる。

マテオの口元にかざした羽がふわりと揺れた。

呼吸している。容体が好転したのだ。

「マテオ、聞こえますか、マテオ！　もし動かせたら瞼を動かしてみて下さい！」

狂おしいほど長い一瞬のあと、瞼がかすかに動いた。剃刀《かみそり》でスッと切ったような隙間から、冬空の色の瞳が覗く。

「……る……る……ル……カ……？」

震えて持ち上がろうとする手をしっかりと握る。

「マテオ。僕が見えますか？　感覚はありますか、どこまでが自分の身体か分かりますか？」

「手……これは……君の……手だ……」

「そうです！　僕の手です！」

自力で呼吸し、意識と感覚が戻り、手を動かすことができ、会話ができる。

もしかして、危機を脱したと言えるんじゃないか……？

「……もう、大丈夫ですよ」

瞼の裏に残っている光をマテオに注入しようかと思ったけれど、止めた。またやり過ぎてマテオが宙に浮かび上がるようなことになったら大変だ。

「おおおお………兄上……！　兄上――――！」

激しい慟哭《どうこく》が聞こえた。

ステラだ。ステラの薄青い双眸《そうぼう》から大粒の涙がとめどなくこぼれ落ちた。

ベアトリーチェは袖《そで》で溢れる涙を拭《ぬぐ》い、ロレンツォは放心したようにぺったり床に座り込んでいた。

「……ステラ……レンツォ……心配をかけて済まなかった……私はもう大丈夫だ……ルカの……お陰だ……」

「……兄上……兄上……よかった……よかった……兄上……」

ステラはまるで氷河が決壊《けっかい》したみたいにマテオにすがりついて泣いている。

ルカは初めてステラの涙を見たことに気付いた。

今の今まで、決して泣くまいとしていたに違いなかった。

ようやく実感が湧いてきた。

そう思った途端に猛烈《もうれつ》な疲労感が襲ってきて、自分がどれだけ神経を集中していたのかに気付いた。

思えばあの路地で刃の下をくぐり抜けてから今まで、緊張しっぱなしだったのだ。

だけど、やり遂《と》げたんだ。

マテオを死の淵《ふち》から引っぱり上げたんだ。

◆◆◆

翌日にはマテオの容体はかなり良くなっていた。まだ手足の痺れが残っているが、じき床《とこ》を離れられそうだ。

「マテオ。ご気分はいかがですか?」

ロレンツォとベアトリーチェはそれぞれ自分の屋敷に帰ったらしく、マテオの寝台につき添っているのはステラだけだ。

「……君のおかげで、今日は大分《だいぶ》いい。まだ舌が痺れていて食事が不味《まず》いが」

「食べられるだけでも大した進歩ですよ」

「兄上は、ルカのお陰で命拾いしたのだからな。でなければ二度と食事も出来ないところだった」

「できるだけ水分をたくさん摂《と》るようにして下さい。残っている毒を追い出す役に立ちますから」

「ああ。心がけよう」

マテオはステラの手を借りて寝台に半身を起こした。

「近くにきてくれ、ルカ。君にはどれほど礼を言っても足りない。一度ばかりか、二度までも私の命を救ってくれた」

「僕も嬉しいですよ。またあなたと話せて」

「ルカ。私が倒れたとき、君は私を抱きとめてくれた。君が私の名を呼んでいるのが聞こえ、君の手の温かさを感じたよ。だが、すぐにその感覚もなくなった……」

「毒の回りが速かったんです。ピエロがそう仕向けていたから」

あの恐ろしい瞬間が甦《よみがえ》ってくる。

動かないマテオを膝に抱き、固く目を閉じて大剣が振り下ろされるのを待っていた永遠のような瞬間が。

マテオは苦しげにゆっくり息を吐いた。

「ルカ、あの路地で起きたことの責任は、私にあるのだ。私は間違った人間を信頼していたことでミケロットを死に追いやったのだ……」

「あなたのせいじゃありません、マテオ……」

（僕なら助けられたんだ。僕がしっかりしてさえいれば！）

あのときああすれば良かったとか、こうすれば良かったとかいう案が、今になって三十通りくらい思い浮かんだ。

そんなことを考えても意味がないのは分かっている。マテオがピエロを信頼する人間のリストから外していれば、というのと同じに。でも考えずにはいられなかった。

ピエロの大剣が頭上《ずじょう》間近に迫ったとき、ぎりぎりで間に合ったのは、マテオを助けたいと心の底から思ったからだろうか。

だけどミケロットの時は呼び出せなかった。

ミケロットのことだって助けたかったんだ。なのに駄目だった。何が違ったんだろう？　心構えの違い？　まだ本気じゃなかった……？

(目の前でミケロットが斬られてはじめて死を意識した……？)

だとしたら僕は本当に情けない奴だ。そこまで追いつめられないと力を出せないなんて。

「ミケロットの亡《な》き骸《がら》を運んできてくれたことも君に感謝しなければならないのだな」

「ミケロットを運んだのは僕じゃありません。昨日の黒髪の男が運んだんですよ。僕一人では無理だったので彼に頼んだんです」

「ああ、彼にも礼を言わねばならないな……」

かなり長い沈黙のあと、マテオはこちらを見上げた。

「ミケロットの葬儀には君も出てくれないだろうか。もちろん私も参列する」

ルカは答えを一瞬ためらった。ミストラの司教は異分子《いぶんし》だと見破ったりはしないだろうか……？

ルカが他の人間にはない力を持つ者だと。

子供の時からミストラ教会に足を踏み入れたことはない。父が禁じていたからだ。あの恐ろしい夜、ミストラの司教は父を簡単に打ち負かした。半人前の自分が敵《かな》うわけがない。

いや、ミストラの教義では奇跡を起こすのはミストラ神だけだとされている。司教は神の言葉を伝えるだけの存在の筈《はず》だ。

大丈夫、大丈夫だ。

マテオと一緒なんだし……カヴァリエリ家が出す葬儀で、当主の参列客を疑うほど司教は暇じゃないはずだ。彼らに大事なのは寄進《きしん》の額なんだから。

「是非参列させて頂きます。その……ミケロットは残念でした」

「ああ。善人ほど早死にするというのは本当だな……」

「だったらあなたが心配です、マテオ。体に気をつけてください」

「いや。私は長生きするさ。君こそ気をつけたまえ」

ミケロットの葬儀の日、ダルジェント市郊外では夜明け前から何百何千という花が摘《つ》み取《と》られ、カヴァリエリ宮に届けられた。花々はミケロットの棺《ひつぎ》を埋《う》め尽《つ》くし、芳《かぐわ》しい香りをまき散らすとともに漂《ただよ》い始めた屍臭《ししゅう》を覆い隠した。

マテオは若干《じゃっかん》やつれが残っているものの、足取りもしっかりして二日前に死の床にあったとは信じられない恢復ぶりだった。

サーロはカヴァリエリ宮の部屋に置いてきた。万一『あの姿』に変わってしまったら一大事だからだ。

大聖堂の巨大な赤いドームは外からはひどく威圧的に見えたが、中に入ると別に恐ろしい風ではなかった。黄金色の光輪《こうりん》のように広がったミストラ神像の千本の腕が動き出すことも無かったし、その金銅《こんどう》の唇からルカを糾弾《きゅうだん》する声が響くこともなかった。

(なんだ……別に怖くないや)

ルカはマテオの隣で神妙に頭《こうべ》を垂《た》れた。

葬送の儀式を執《と》り行《おこな》う大司教は金銀の豪華な袈裟《けさ》の中にすっぽり収まった木乃伊《みいら》のような年寄で、ルカに気付くどころかちらりとも目をくれなかった。

鎖《くさり》で吊られた球形の香炉《こうろ》が大きく揺れて参列者たちを芳しい煙で清める。司教は揺れる香炉の下で善良なミケロットが来世でいかに幸せに暮らしているかを話し、ミストラの神への祈禱《きとう》を長々と詠《えい》じた。参列者の間から啜《すす》り泣《な》きが漏れた。

後ろの席で盛大に声をあげて泣いているのは、あれはたぶんロレンツォだろう。麗《うるわ》しのベアトリーチェも啜り泣いている。

目頭《めがしら》が熱くなって不意に涙がこぼれた。

ミケロットはいい奴だった。

もし天国というのが本当にあるのなら、ミケロットこそ行く資格がある人間だと思う。

それから揃《そろ》いの赤い服を着た少年たちがミケロットのために歌った。澄み切った声はまるで小鳥の歌のように美しかった。教会に来たことがなかったから、そんなものを耳にするのも初めてだった。

「……本当に天の御使《みつか》いの歌声のようですね」

ステラが囁き返した。

「彼らはそのために去勢されている。教区の男の子から特に声と容姿の奇麗な子を選んで」

うへえ。やっぱり子供のとき来なくてよかったのか。

儀式は粛々《しゅくしゅく》と進行していき、たくさんの涙が流され、たくさんの悔《く》やみの言葉が述《の》べられ、そしてミケロットを殺した犯人への怒りと憎しみが大きな波のうねりとなって参列者の群れに広がった。

葬儀の間、マテオは涙を見せなかったけれど、その手はずっと胸にかけられた銀のペンダントを固く握りしめていた。

ルカはそのペンダントにミケロットの遺髪《いはつ》が収められていることを知っていた。

◆◆◆

翌日、久しぶりに『自由の庭』に誘われた。

改めて礼を言いたいからサーロも連れてきて欲しい、という。もちろん人間のサーロだ。実を言えば犬の姿ではいつも一緒に来ていたのだが、人間の姿では初めてということになる。

中庭の東屋《あずまや》で待っていたのはマテオとステラの二人だけだった。

「今日はベアトリーチェとロレンツォは来ないんですか?」

「ああ。私たちだけだ」

完璧美形男ロレンツォはとにかく、麗しきベアトリーチェが来ないのは残念だった。

マテオはルカの後ろについてきたサーロに目をやり、晴れやかに笑った。

「彼が私たちを助けてくれた英雄か？」

「そうです。僕の古い友人で……サーロといいます」

「そうか。カヴァリエリとして感謝する」

サーロは内気と横柄《おうへい》の中間くらいの態度でうっそりと答えた。

「俺はルカを助けたんだ。あんたは一緒にいたから偶然助けただけだ」

「結果的に君が私を助けてくれたのは事実だ。それに私の親友ミケロットを運んできてもくれた。君の下の名は？」

「ない。サーロだけだ」

ルカは慌てて割って入った。

「済みません、彼は言いたくないんです」

名字も付けておけばよかった。でも、下手に繕《つくろ》ってサーロの方が覚えなかったりしたら台無しだから名字は付けない方がいいかもしれない。

「ルカの犬と同じというわけだな。ルカ、あの黒犬はどうした？　いつも君に付《つ》き従《したが》っていたのに今日はいないじゃないか」

「あ……迷子になったみたいで」

「見つかりそうか？」

「ええと、そうですね……賢《かしこ》い奴だからそのうち帰ってくるんじゃないかと……」

ちょっとどぎまぎした。

マテオはなぜそんなことを訊くんだろう？　あの大騒ぎのあとで、黒犬のサーロがいなくなったことなんか誰も気にしていないと思っていた。

「ルカ。私はずっと考えていたのだ。あの路地で、一体何があったのか。あのときピエロは今にも我々を殺すところだった。あの絶体絶命の状況でどうして我々は助かったのか……」

「彼がたまたま通りかかって助けてくれたんです。彼がピエロも刺客もぜんぶ一人で倒したんですよ。当たるを幸い薙《な》ぎ倒《たお》し、ちぎっては投げ、ちぎっては投げ……」

マテオの顔にはなんとも言いようの無い奇妙な笑みが浮かんでいた。そう、蛇《へび》が笑ったらちょうどこんな風かもしれない。

「ルカ。私はそんなに重かったか？」

「え？　なんのことですか……？」

「私を担《かつ》いで歩きながら君は言っただろう。『ああ畜生、あなたはなんて重いんだ』と」

頭の中で記憶の断片がぐるぐる回った。

そういえば言ったような……？　いや、確かに言った。

だけど、あのときマテオは完全に正体をなくして丸めた敷き物みたいにぐんにゃり背中に伸《の》し掛《か》かっていた筈だ。

「聞こえていたんですか……？　すみません、意識がないのだとばかり……！」

「意識はあったのだよ。ずっとね。まるで金縛《かなしば》りにでもあったように指一本動かせず、見ることも話すことも出来なかったが、耳だけは聞こえていたのだ」

「ずっと……？」

ひやりと背筋が寒くなった。

他に何かやばいことを言わなかったか……？　あのとき死の淵から引き返したばかりで感情が鈍磨《どんま》したようになっていた。

その状態でやばいことを山ほど口走ったような……！

「ずっとだ。カヴァリエリ宮に戻って君に治療させるかどうかでステラと言い争っているのも、全部聞こえていた。聞こえていたが、自分ではどうすることも出来なかった。心の中で、頼むからルカにやらせてくれ、と叫んでいたよ」

ステラが口を開いた。

「私はルカに治せるとは思わなかったのだ。情報が足りなかった。兄上が知っていて私が知らないことがあったからな」

「だが最終的にはステラもルカにやらせると決めたわけだ」

「私は兄上の信用を信用したのだ」

「その判断が正しかったから私は今こうして生きている」

鏡を見るように同時に視線を交わす。

「あの路地で、私はひたすら耳を澄ましていた。他に何も出来なかったからだ。地鳴りのような咆哮《ほうこう》が聞こえた。今まで一度も耳にしたことのないような恐ろしい声だ。あれは何だったのだ？」

「さ……さあ？　僕も怖くて目をつぶっていたので……」

あれを聴かれていたなんて……！

どうやって言い抜けよう……考えろ、考えるんだ、ルカ。おまえはペテン師じゃないか……！

「……ええと……毒のせいじゃないでしょうか……」

「そうだろうか。ピエロの悲鳴も聞こえたよ。刺客たちが叫ぶのも。化け物、化け物……とね」

「それはきっと、化け物みたいに強いということですよ！」

「ほう」

マテオの薄い唇が三日月のように持ち上がった。

「ルカ。ひとつ言い忘れていたが」

後ろからの声にギョッとなって振り返る。ステラだ。

「ピエロは生きているぞ」

「い……生きてたんですか……死んだとばかり……」

ピエロは何を喋ったんだ……？

魔獣化したサーロに壁に叩きつけられた後は死んだみたいに動かなかったから気絶してたんじゃないか。だとしたら魔獣に襲われたことしか覚えていないかもしれない。

「重傷だが生きていたのだ。奴は既に我らの手の内にある。獄吏《ごくり》は我らの息が掛かった男だ。ピエロはすっかり口を割ったぞ。お陰で陰謀に加担した者は全員捕らえた。ピエロの奴は生かしてある。殺してくれと泣き叫んでいるが」

　ステラはくくく、と笑った。その眼は、獲物《えもの》を追いつめる猟犬《りょうけん》のそれだった。

「奇妙な話なのだが、ピエロは化け物に襲われたと言っている。巨大な犬の化け物に。その化け物はそなたの後ろから突然現れ、あやつの腕を嚙《か》み砕《くだ》いたそうだ」

「まさか！　化け物だなんてそんなことあるわけないじゃないですか！　あれは……単に馬鹿でかい犬だったんですよ！　狼《おおかみ》みたいな猟犬が飛び込んできてピエロに嚙みついたんです……！　連中は混乱して化け物だと思ったんでしょう……」

　脇からマテオの声が飛んでくる。

「君は、友人が全員倒したと言わなかったか？」

「その……彼に花を持たせたかったんです。犬のお陰で勝ったなんて言いにくくて……」

「咆哮に続いて悲鳴や叫び声、肉体が石に打ち付けられる音が響いた。恐ろしい音だったよ。それから静かになって、君の声が聞こえた。『おまえ、サーロだろう？』と。あれはどういう意味だったんだい？　ルカ」

「ええと、その……彼と逢うのは久しぶりだったので、本人かどうか自信がなくて！」

「ほう。彼が君の友人なら『そう呼びたければ、サーロと呼べばいい』と答えたのはどういうわけだ？」

「か……彼は本名を教えてくれないんです。だから僕が勝手にサーロって呼んで……」

　落ち着け、まだバレたわけじゃない。

　頭を必死に働かせてどうしたら辻褄《つじつま》を合わせせられるか考えるが、何も浮かんでこない。

「……その、いろいろ不思議に聞こえたのは分かります！　あなたは何が起きているのか実際に見ることが出来なくて、音だけを聞いていたんですから！　でも、これはちゃんと説明できるんです、別に何も異常なことがあったわけじゃ……」

「ルカ」

鋼《はがね》のように鋭いマテオの声に、思わず跳び上がって答える。

「はいっ！　なんでしょう……」

「私の考えを言おう。そこの彼、ミケロットを運んで来た黒髪の男は、外から駆けつけたんじゃない。初めからあの路地にいたのだ。そうでなければ間に合う筈がない。彼は、君の黒犬のサーロなのではないか？　だから彼が現れてから黒犬のサーロは姿を見せないのだ。違うか？」

ああ、マテオ、あなたという人は鋭《するど》すぎる……！

「まさか……そんな……そんなことあるわけないじゃないですか……」

「では、彼に訊こう。『俺は犬には戻らない』『俺は人間になったのか』とはどういう意味だ？」

もう少しで叫び出すところだった。なんてことだ……あのときサーロは確かにそう言ったんだ！

「それは、ルカの馬鹿が俺を……」

「サーロ、黙ってろ」

マテオとステラは二人とも同じ表情を浮かべてこちらを見つめている。三日目の月を思わせる微笑

——全てを知っていて楽しんでいるという笑みだ。

「君なんだ。ルカ。君が魔術を使ってあの黒犬のサーロを人間に変え、ピエロと刺客を倒し、ミケロ

ットの亡き骸を運ばせたんだ」

違う、と言おうとした。だが唇が動かなかった。

(バレた……バレた……バレた……!)

駄目だ。もう言い繕いようがない。大急ぎで、出来るだけ遠くへ逃げたほうがいい。

ステラが追《お》い討《う》ちをかける。

「帝国法では魔術書を所有しているだけで有罪とみなされる。実際に使った者は火刑《かけい》だぞ」

「……僕は……マテオを助けたかっただけです……」

「では、認めるんだね。ルカ」

「……僕に他の人にはない《力》があるのは認めます。でも、それは魔術じゃない。似てるけど、違うんです。僕は悪魔と取引なんかしていないんです! 僕のは《力の術》で、魔術じゃない。生まれつきの力で、悪魔とは何の関係もないんです……!」

「《力の術》か。初めて聞く」

「千年以上昔から父の家系に伝わってきた古い術なんです。親から子へ伝わる《力》を制御《せいぎょ》する術で……最後の継承者だった父が死んで、たぶん僕が最後の一人なんです」

「兄上をガッティの毒から救ったのは? あれもその魔術なのだろう? あの毒にやられて助かった者はないのだからな」

「確かに使いました! でも魔術とは違います! 《力の術》は人を害するような術じゃないんです! お願いです、マテオ、見逃して下さい! すぐ共和国を出て二度と戻ってきませんから……!」

そこまで言ったところでステラに遮《さえぎ》られた。

「何を言っているのだ、ルカ。兄上はそなたを教会から守ってやろう、と言っているのだぞ。そうであろう？　兄上」

そう言ってマテオの方を見る。そっくりな顔が満足げな笑みを浮かべて同時に頷いた。

「えっ……えっ……？」

何を言われているのか、頭が理解するのを一瞬拒《こば》んだ。

守る……？　教会から？　通報するつもりじゃないのか？

「マテオ……そうなんですか……？」

「もちろんだ、ルカ。私は君にどんなに礼を言っても足りない、と言った筈だ」

「教会に引き渡したりしないんですね……？」

「そんなことはするものか。君には二度……いや、三度も助けられた。今度は私が君を助ける番だ」

「でも、万一バレたら教会を敵に回すことになるんですよ……」

「カヴァリエリの力をみくびるな。教会とて一枚岩ではない。彼らとて金は借りる」

「あ……！」

「そういうことだ。それに昨今《さっこん》の教会のあり方に疑問を持つ司教も少なからずいるのだ」

マテオがそう言えば、今度はたたみかけるようにステラが続ける。

「安心するがよい、ルカ。このことは我らだけの秘密だ」

「君は今まで通り安心してここに居てくれればいい。私の側《そば》にね」

助かった……のか……？

にわかには信じられなかった。ずっと《力》のことを人に知られたら父のように捕らえられて殺される、と思っていたのだ。

それが、守ってくれるって……？

「信じて……いいんですね……」

「もちろんだとも、ルカ」

美しい三日月のような微笑。

「ああ、ありがとうございます……ありがとうございます！」

助かったんだ……それどころか守って貰えるんだ……！

死の恐怖を免《まぬが》れた安堵《あんど》と、教会への恐怖の揺り戻しで今更のように身体が震えた。

「ひとつ訊きたい。彼は何だ？　いわゆる使い魔なのか？」

「え……あの……」

何と説明すればよいのだろう。自分でもよく分からないのに。が、ルカが答える前にサーロがぶっきらぼうに口を挟んだ。

「俺はそんなんじゃない。俺は自分の意思でルカと一緒にいるだけだ。こいつの手下になったわけじゃない」

「ほう」

「本当に知らなかったんです。サーロが……その……」

魔物という言葉は使いたくなかった。《力の術》が魔術や悪魔と関係があると思われては困る。

「……こういう生き物だということは。旅の途中で、たまたま拾ったんです」

「君があの黒犬をこの男にしたのではないのか？」

「少し違うんです。サーロは初めから人間の姿を内側に持ってたんです。なんて言ったらいいのか……僕はあいつが変身するのを押さえている『留《と》め金《がね》』みたいなものを『力の術』で外して、中にいた人間を引っ張り出しただけなんです。だから、僕の力で変えたんじゃありません」

そう、そんな感じだった。魔犬のサーロの中から人間のサーロが出てきたのだ。

「全く驚きだな。人間にしか見えない。この男があの可愛らしい犬だったとは……」

マテオは感嘆《かんたん》した目で人間のサーロを眺め、手を伸ばして彼の白い筋のある黒髪に触ろうとした。

マテオの手が触れる寸前、サーロはすっ、と斜めにかわした。

「気安く触るな」

「ああ、失敬」

ルカはマテオの豪胆《ごうたん》さに驚いたが、考えてみるとマテオは魔獣の方のサーロの姿を実際には見ていないのだ。小さい黒犬のサーロと、この優男《やさおとこ》の姿のサーロしか見ていない。だからさほど恐ろしいと思わないのだろう。

マテオはサーロを見据《みす》えたまま言った。

「私が知りたいのは、君を信用していいのかどうかだ。サーロ君」

「へえ。俺も同じことを考えてたぞ。あんたを信用していいのか、ってな」

「サーロ！　失礼だぞ」

「なんでだ？　ルカ。同じことを言ってるんじゃないか。あいつは失礼じゃないのか？」

「済みません、マテオ。礼儀を知らない奴で……」

「いや、いい。彼は正直だな……むしろ誠実と言った方がいいか」

サーロが誠実？　不躾《ぶしつけ》の間違いじゃないだろうか。

「サーロ君に訊ねたいことがある。君はあの路地で刺客を倒し、そのうえミケロットを運んできてくれたな。ルカが命じたからか？」

「あいつが困ってたから仕方なく手伝ってやったんだ」

「あのとき、もし危険にさらされているのがルカでなかったら同じことをしたか？」

「放っておくさ。俺には関係ない」

「だが、ルカのことは放っておけないのだな。何故だ？　君の主《あるじ》だからではないのか？」

サーロは少し考えてから言った。

「違う。ルカが馬鹿で危なっかしいからだ」

「僕のどこが危なっかしいんだよ、サーロ」

「全面的にだ。自分で分からないのか？」

マテオとステラは顔を見合わせ、それから興味津々《しんしん》という顔でじっとサーロを見つめた。

「全く、君は驚くべき存在だな。君のような存在をなんと呼べばいいのか私には解らない。教会は悪魔と呼ぶだろうが」

「俺は悪魔じゃない。悪魔っていうのは人間を騙して堕落《だらく》させる奴のことだろう。俺はそんな面倒なことはしない」

あ、そうか！

サーロが教会のいうような悪魔だったとしたら、あの街道で出会ってから何か堕落させるような魅力的な提案をしてきたに違いない。実際にはそんなことは全くなく、むしろ大事な食糧を遠慮なく食《く》い潰《つぶ》してくれた。

そういえばサーロの奴、賭博場で一山当てる案にはえらい勢いで反対したんだよな。賭博なんて、悪魔だったら全力で賛成するところだ。もっとも、あの時はちっこい犬だったから、サーロの反対なんて痛くも痒《かゆ》くもなかったわけだが。

「君が何であっても、私の命を救ったことには変わりがない。感謝している。望みがあれば何でも言いたまえ」

「それじゃ、あんたの方が悪魔みたいだぞ」

マテオは面白そうに笑った。

「ひどいな。私は君に礼がしたいだけだよ。何か欲しいものはないのか？」

「俺は腹いっぱい焼き肉が喰えればそれでいい。それと、ルカと俺を裏切らないことだ」

「ルカと同じで、君も欲がないな」

マテオは大きい方のサーロを見ていないからなあ……あっちのサーロの腹いっぱいの肉だったら、カヴァリエリ宮の厨房も空っぽになるだろう。

「ルカ。君は望むことはないのか？」

「え……ええと……それじゃ治療の謝礼を……」

急に話を振られたので咄嗟《とっさ》に思いつかず、これくらいなら妥当《だとう》だと思う金額を口にした。

「それだけか？」

「は……い……」

本当は、もう謝礼金なんてどうでもよかった。

教会に突き出されずに済んだというだけで。もちろん、以前の自分だったら飛び上がって喜んだ額なのだが。

「カヴァリエリ銀行の証文《しょうもん》で出そう。帝国内のどの都市でも払い出せる。帝国の外でもうちの支店さえあれば」

「……ありがとうございます……」

「ルカ。君に欲がないのは、君には出来ないことがないからではないのか？　君は欲しければ何でも手に入れられるだろう」

「そんなことありません！　僕の《力》はいつも上手くいくとは限りませんし、呼び出すのが難しいので急場で役に立たないことが多いんです……」

欲がないんじゃない。

本当に欲しいものは手に入らないからだ。

ミケロットのことを考えると刺されたみたいにずきんと胸が痛んだ。これからずっとその傷は痛み続けるのだろう。

「僕は、生まれつき少しだけ他の人が出来ないことが出来る……それだけなんです」

「その少しのお陰で私はこうして生きている。君の力は素晴らしい。小さな力も使いようだよ、ルカ」

「そう……でしょうか……」

「そうだ。自信を持ちたまえ。今後も私のために君のその力を使ってくれると嬉しい」

マテオはゴブレットに赤ワインを注《つ》ぎ、高々と掲《かか》げた。

「私たちの新しい関係に」

ルカはゴブレットを手にしたが、サーロは取らなかった。

「君は？」

「酒は苦《にが》いから嫌いだ」

「そなた、本当に犬なのだな」

「俺は犬じゃない。もう一つの姿が犬に似ているだけだ」

「あの小犬の姿は実に愛らしかったぞ」

ステラは喉《のど》をのけ反《ぞ》らせて笑った。

「ルカ。サーロ。そなたたちが側に居てくれれば兄上も私も安心だ」

「そしてまた君のその《力》を我らに貸してくれたまえ」

二人は声を揃えて言うと、血のように赤いワインを飲み乾した。

◆◆◆

マテオとステラの二人はひどく感心したり、ときには同情したりしながら根掘り葉掘り《力の術》について質問した。

こちらはまだ混乱していたうえ、マテオとステラの二重攻撃の前についには父の獄死《ごくし》と仇《かたき》の司教のことまで喋る羽目《はめ》になってしまった。あの二人に右と左から攻められて落ちない奴がいたらお目にかかりたいものだ。

部屋に戻るなり、それまで無口だったサーロが低く唸《うな》るような声で言った。

「これからどうするつもりだ、馬鹿ルカ」

「大きな声を出すなよ！　考えがまとまらないじゃないか！」

まだ頭がぼうっとしている。

地獄と天国を行ったり来たりしたみたいで、頭が痺れたようになってまともに働かない。

「だいたい、おまえが余計な発言をするからバレたんだぞ。マテオは声しか聴いてなかったんだから、あのままうまく誤魔化《ごまか》せたかもしれないじゃないか」

「それは無い。あいつは最初から確信をもって話してた。声の調子で判る」

「ああ……」

確かにそうだ。マテオとステラは初めから判っていて自分とサーロの二人を呼び出したに違いない。

（どうすればいいんだ……？　このままここに居るべきなのか。それとも尻に帆《ほ》をかけて逃げるべき

なのか)

マテオとステラをどこまで信じていいのか。

二人が教会から守ってやる、と言っているのは命を救ったからというのもあるけど、たぶん《力》を借りたいからなんだろう。ステラは確実にそうだし、三度も命拾いしたマテオは《力》に過大な期待を寄せている。

《力》のせいで教会から目の敵《かたき》にされているのに、教会から守る代わりにその《力》を貸せなんて、タチの悪い冗談みたいだ。

「あいつら、信用しない方がいいぜ。特に女の方」

「どうしてだ?」

「信用できない匂いがするからに決まってるだろ」

「なんだ。匂いか……」

「匂いより他に何で人間の本心を見分けたらいいんだ?」

「人間にはさ……表情とか、言葉とか、いろいろあるんだよ」

「人間の言葉なんて信用できるものか」

「僕だって人間なんだけどな」

「俺に言わせれば、あんたは間抜けだ。あいつらはあんたの力を利用しようとしてるんだぞ」

(別にいいじゃないか)

向こうが利用したいなら、こっちも利用すればいい。カヴァリエリ家の力は絶大だ。もう今までみたいにいつバレるかとハラハラしながら暮らさなくて済む。

そうだ。先祖の秘伝書を探すのだってカヴァリエリの財力があれば可能かもしれない。

どうせもう何度もマテオのために《力》を使っているんだ。

今までと違うのは、今はマテオがそれを知っているということだ。僕がマテオを暗殺者から守り、マテオが僕とサーロを教会の手から守る。均整のとれた、美しい関係だ。

「僕はマテオを信じる。ここに残った方が安全だよ」

「俺はご免《めん》だね。さっさとここから逃げた方がいい」

「厭《いや》なら一人で――一匹で出て行ってもいいけど？」

「なんだと？」

唇がめくり上がって尖った真っ白な歯が覗いた。ほとんど牙《きば》と言っていい長さだ。

「やる気か？　なら小さい方の犬に戻してしまうぞ」

眼を爛々《らんらん》と光らせてルカを睨みつけていたサーロはしばらくしてフーッ、と息を吐きだした。

「……いや。止めておく」

ルカは内心密《ひそ》かに大きく安堵の息を吐いた。

凄《すご》んでみせたけど、実際にこんな急場に《力》を使うなんて無理な話で、サーロが本気で手を出す気ならあっという間にやられてしまっていた所だ。魔獣の方じゃなくても、この人間のサーロも結構強そうだし、勝てる気がしない。

ただ、人間の姿になっても犬だったときの習慣で一目《いちもく》置いてくれている感はある。今もルカを主と思っているのではないか。

「おまえ、小犬になる前はずっとあの姿だったのか?」

「いや……」

サーロは躊躇った。

「あのとき初めて本当の俺になったんだ」

「ちょっとまて! それじゃ、あれが本当のおまえかどうかなんて判《わか》らないじゃないか。小犬の方が本体なんじゃないのか?」

「本当の俺があんなにちっこいわけがない」

「自惚《うぬぼ》れだな」

「ぬかせ。俺は、自分が本当の犬じゃないのは知っていた。俺は人間の言葉を理解していたが、他の犬とは話が通じなかった。犬どもは俺を見ると怯《おび》える。どんなでかい奴もな。犬連中の方が俺のことをよく知ってたんだ。だが、連中は何で俺を怖《おそ》れるのか説明できない。尻尾《しっぽ》を股《また》の間に挟んでひれ伏すだけだ」

「なるほど……」

そういえば、ミケロットがそんなことを言っていたっけ。それにしても、自分と似た姿の奴と話が通じなくて、顔を見るたびに怖れられるとしたらなかなかに気が滅入りそうだ。

「だから『あの姿』になった瞬間にあれが本当の俺だと判った。あれが犬どもが怖れていた理由だ。それから、なんで俺はずっと『あの姿』になれなかったんだろうと思った」

「今は人間だけどな」

人間のサーロはもともと犬のサーロの内にあったのだ。ただ、犬のサーロも魔獣のサーロもこの若い男の姿のサーロも、可愛げがないところはよく似ている。

姿は変わっても中身は変わらないということか。

「それは俺の本質じゃない」

サーロはぷい、と横を向いた。拗《す》ねたのか。短気な犬め。

こいつは、本当にいったい何なんだろう。

今はどこからどう見ても人間だ。すらりとした長身で、濃い琥珀《こはく》色の瞳と癖《くせ》の無い艶《つや》やかな黒髪をしている。顔立ちは精悍《せいかん》で美しく、ロレンツォとは違う意味で嫌味なくらいハンサムだ。街を歩いたらさぞ女にモテるに違いない。だけど、黒い小犬の面影は残っている。瞳の色が同じだし、黒髪に混じる一筋の白い流れは額の三日月模様の名残《なごり》だろう。

でもサーロにとってこの姿は『本質』ではないらしい。小犬の姿と魔獣の姿は大きさは違うが基本的には似ている。三分の二が獣で、三分の一が人間ということなのか？

そんなことを考えていたら、サーロがじっとこちらの顔を見つめているのに気づいた。

「なんだよ。僕の顔に何かついてるのか」

「いや……そうじゃない。聞いてくれ、ルカ。俺があんたについてきたのは、あんたから魔術の匂いがしたからだ」

「魔術の匂いなんてあるのか……？」

「自分で分からないのか？　そんなにぷんぷん匂うくせに！」

「僕は犬じゃないからな」

言いながら、あれ？　と思った。

どうしてサーロは『魔術の匂い』を知っていたんだろう？　魔術の匂いを知っているっていうことは、以前に魔術と関わりがあったってことか……？

「俺は、俺の主だった人間を捜している」

「前の飼い主か？」

「俺は犬じゃないと言っただろう！　俺の記憶の一番最初にいた人間だ」

サーロは目を逸らし、ためらいがちにぼそりと続けた。

「……あんたの匂い、そいつと似てるんだ」

「へぇえ」

こいつに付けたサーロという名前が昔飼っていた犬の名前だというのを考えるとなんだか皮肉だ。

「最初、あんたが俺の主じゃないかと思ったが、違った。違うが、あんたについていけば俺の主が見つかるんじゃないかと思ったんだ。あんたも同じ魔術師ならな」

「魔術師だって……？」

ちょっと待て……。

サーロが言っている『魔術の匂い』というのは、《力》の匂いのことじゃないのか？

雷に打たれたような気がした。

自分以外に《力》を持った人間がいる……？

三年前に遍歴を始めたきっかけは、先祖が残した秘伝書を探そうと思ったことだった。

自分以外に《力》を持った人間がいる、というのは考えたことがなかった。死んだ父と自分が最後だと思いこんでいた。

だけど、大昔に死んだ人間が書いた書物より、いま生きている人間の方がいいに決まっている。書物が残っているなら、子孫も残っているかも、ということはその時には考えつかなかった。本家が途絶えていても、傍流《ぼうりゅう》で血を繋《つな》いだ子孫に《力》を持つ者が現れる可能性だってあるはずだ。

どこかに《仲間》がいるかもしれないんだ……！

そうだ。仲間が見つかればもう孤独じゃなくなる。今までだれにも話せなかった《力》のことだって話せる。

会いたい……会って話をしたい！

《力》の使い方も教えてもらえるかもしれない。それが出来なくても、同じ悩みを分かち合えるかもしれない。

「サーロ、そいつはどこにいるんだ……？」

「俺の話を聞いてないのか？　捜してるんだと言っただろう⁉」

ああ、そうだった……。

「それじゃ、どんな顔だったんだ？　男？　女？」

「男……だったと思う。顔は……覚えてない」

「名前は？」

「覚えてない」

「若い？　年寄り？」

「……覚えてない」

それじゃほとんど何も覚えていないのと同じじゃないか……！

呆れるのと同時に腹が立った。

「よくそれで捜そうと思ったな……！」

「だからあんたが唯一《ゆいいつ》の手掛かりなんだ！」

「ああ……そういうことか……」

ルカはがっくりと肩を落とした。自分の秘伝書探しと同じくらい雲をつかむような話だ。

「そうだ。だから俺はあんたについていてく、って決めたんだ」

サーロは言った。

「俺は、俺が何なのか知りたいんだ。俺が主を捜している理由はそれだ。そいつはきっと俺が何なのか知っている」

「おまえ、自分で自分が何なのか知らないのか……」

「あんたは自分が何なのか知ってるのか？」

もちろん人間だ、と答えようとして言葉に詰まった。

自分が本当に人間なのか、どうやったら証明できる？　他の人間とは違うのに？

「俺の考えでは、そいつが俺をどこからか喚《よ》び出《だ》したのか、作ったのかなんだ」

「……作った？」

「俺みたいな者が自然に生まれると思うか？」

「確かになあ……」

だが、生き物を『作る』なんて出来るのだろうか？　《力の術》ではそんなことは出来ないと思うが、ほとんど教わっていないのだから何とも言えない。

「……俺はそいつを捜しにいきたい。だが、あんたがここに残るというのなら……」

「待てよ！　サーロ、僕もそいつを捜すのを手伝うよ！」

「あんたが？」

「そうさ！　おまえは匂い以外にそいつのことを捜す手がかりがないんだろ？　僕の《力》があればもっとうまく捜せるかもしれないじゃないか！」

「ここに残ってあいつに守ってもらうんじゃなかったのか？」

「おまえが捜してる奴は、僕の仲間かもしれないからだよ！　同じ匂いがするんだろ？」

俸給《ほうきゅう》も貯《た》まっているし、マテオが書いてくれたカヴァリエリ銀行の高額証文もある。カヴァリエリ銀行の証文は現金を持ち歩くより軽くて安心だ。万一証文を無くしても本人だと確認されれば払い出しに応じてくれるという。

旅に出るのにはちょうど良いじゃないか。

サーロは信じられないという風に琥珀色の瞳を見開いてまっすぐにルカを見つめていた。

「本当に……？　あんたも来るのか？」

「本当だよ。すぐには無理だけどさ。旅の準備がいろいろ必要だし。全部片づいたら、出発しよう」

「俺には準備なんかない」

「なら、ここに居る間に腹いっぱい食っておけよ」

旅に出たらサーロには小犬になってもらおう、と内心密かに考えた。その方が餌《えさ》が少なくて済む。

それに旅の道連れに拾ったのは愛くるしい小犬で、魔獣だの可愛げの無い男だのじゃないのだ。

5. 選択肢なんてはじめからなかった

それから数日間は旅の準備で忙しかった。

商売の必需品《ひつじゅひん》である偽薬《にせぐすり》も作っておかなければならない。

いま着ている高価な服は追い剝《おは》ぎを呼び寄せる危険があるから地味で実用的な服を入手した方がいい。先の尖《とが》った瀟洒《しょうしゃ》な靴もやめだ。野宿のとき敷布《しきふ》代わりになる丈夫な長マントも手に入れなければ。

(大きい方のサーロと一緒に寝ればきっと温かいだろうな……)

いや、その考えは危険だ。寝ぼけたあいつに朝食と間違われて食われてしまうかもしれない。小さい方にしておこう。それでも湯たんぽとしては充分だ。

そうだ。足を鍛《きた》えておこう。安逸《あんいつ》な宮殿暮らしですっかり鈍《なま》っている。

ルカは頑丈《がんじょう》な革靴に履《は》き替《か》えて宮殿内の石段を昇り降りした。

ここの暮らしは本当に良かったからなあ……。

良い食事、快適な寝室、それに書物。

考え始めるとそれらを捨てるのが惜《お》しくなってくるが、どこかに仲間がいる可能性が出てきた以上、捜さなかったら後悔するだろう。

人間には、安楽な生活よりも大切なものがある筈だ。

そう心を決めてマテオに挨拶《あいさつ》に行くことにした。言わないと、決心が崩れてしまう。

「マテオ。ちょっとお話が……」

一人だと思ったのに、マテオの居室《きょしつ》にはステラが来ていた。まあ、ステラは事情を知っているからいいか。

マテオはルカの顔を見るとパッと顔を輝かせた。

「ルカ。どうしたんだ、改まって」

「その……今日は御暇《おいとま》を言いにきたんです。遍歴《へんれき》を再開しようと思って」

「ルカ！　何てことを言うんだ！　出て行くなんて本気じゃないのだろう？　嘘だと言ってくれ。君はここに残って私に力を貸してくれると言ったじゃないか」

「済みません、マテオ。でも、決めたんです。やっぱり捜し物を見つけなければならないと」

ステラが思案顔《しあんがお》で言った。

「そなたが探しているという書物か？　それならカヴァリエリの力で探してやってもよい」

「シニョリーナ・ステラ。書物も探していますけど、もっと大事なものがあるって気付いたんです」

「君にとって大事なものとは何なのだ？」

「仲間です。仲間を捜したいんですよ」

「ここにも君の仲間はいるじゃないか。君は『自由の庭』の仲間だろう」

「仲間に加えて下さったことは光栄に思っています。でも、やっぱり僕は異分子《いぶんし》なんです。僕と同じ古い力を持つ仲間を捜したいんです。この半島にまだいるかもしれない」

「君はここにいるのだ、ルカ。そうだ、俸給《ほうきゅう》を倍にしよう。それでいいだろう？」

「有《あ》り難《がた》いお申し出ですけれど、僕は行かなければならないんです。残念ですが」

「残念……か。それは私の方だ」

マテオは、この男が呆然とすることがあるとしたらそういう顔をするだろうという表情でルカを見つめていた。色を失って、毒で死の床《とこ》にあったときよりも無表情に見えた。

そんな顔をされたら、決意が揺らぐじゃないか……。

だけど、ここで折れたら負けだ。行かなかったら、きっと後悔する。

「止められても行きますよ。僕はもう決めたんです」

「ルカ。君はここを出て行くことはできない。ルカに説明してやってくれないか、ステラ」

「ああ、いいとも、兄上」

マテオそっくりな美しい顔ににんまりと笑みが浮かぶ。

「数日前にある証書の写しが早馬で帝国内外のカヴァリエリ銀行の支店に送られた。そろそろ帝国内の支店には届く。人相風体《ふうてい》を含むそなたに関する情報だ。これは高額払い出しのための通常の手続きではある。しかし、この証書には対《つい》になった密書がそれぞれ一通添付《てんぷ》されている。こちらは厳重に封をされていて、誰も中を見ることは出来ない」

「それは、どういう……」

マテオとステラが互いにゆっくり顔を見合わせる。その表情には何かひどく不吉なものがあった。

「密書には、この者は魔術師である、と書かれているのだ。そしてこの書状を最寄《もよ》りの教会に届けよ、と」

「えっ……?」

頭に血が上《のぼ》って、目の前がぐるぐる回った。

この者は魔術師である——魔術師を火炙《ひあぶ》りに——ミストラ神の理《ことわ》りに反した魔術を操《あやつ》る者は炎《ほのお》によって清められねばならない——。

「この密書はカヴァリエリ当主の命令がない限り開封されない。だが、兄上と私のどちらかが不審《ふしん》な死を遂《と》げた場合は開封されることになっている」

「これで分かっただろう。君は、どこにも行けないんだ」

「……あなたは僕たちを教会から守ってくれると……」

「もちろん全力で守るとも。私の側《そば》にいてくれる限りは。だが、君が私を裏切るのなら、その限りではない」

「裏切るなんて、そんな！　ただ仲間を捜しに行きたいだけなんです……！」

「ルカ。私の意思に反してここを離れるのは、私にとっては裏切りにほかならないのだ」

右から、ステラの銀の刃《やいば》のように鋭い声。

「あの密書は保険なのだ。カヴァリエリはどんなものにも保険をかける。そなたとの関係にも」

左から、マテオの奇妙なくらい優しい声。

「私だってあんなものは使いたくないんだ。だから、ルカ。お願いだからもう出て行くなんて言わないでくれ」

「……ここに残ります、マテオ……」

ルカの喉《のど》はなんとか声を絞《しぼ》り出《だ》した。

他にどんな返事のしようがある？

《力の術》を使っても帝国内外に送られた密書のすべての写しを同時に破棄《はき》するなんてことは出来ない。一通の密書を探し出して消却している間に他の何十もの写しが教会に届けられることになるだろう。

マテオは大きく破顔《はがん》し、ルカの手をしっかりと握った。

「ルカ、分かってくれて本当に嬉しいよ。君とサーロ君の秘密は守られるし、ここで快適に暮らせる。これからずっと側にいて、私のためにその力を使ってくれたまえ」

「は……い……」

初めから、選択肢なんてなかったんだ……。

マテオ・カヴァリエリは欲しいものはすべて手に入れるんだ。

そしていま、マテオが欲しいのはルカの《力》なのだ。

マテオはひどく親しげな仕草でルカの肩に腕を回した。

「さて。ちょうどよかった。実は君に頼みたいことがあるのだよ。君にしか出来ないことだ」

◆◆◆

左右半分に引き裂かれたような気分で部屋の扉を開けると、羊肉の炙り焼きを食べるサーロが目に飛び込んできた。

骨付き肉を両手で抱えこむようにして齧《かじ》っている。

ルカは戸口にぼうっと突っ立ったまま、無心に肉をむさぼるサーロを眺めていた。

よく食うなあ……。脚一本、まるまる一人で食べる気らしい。

「……サーロ。肉は食堂で食えよ」

「あそこは人目があって食《た》べ辛《づら》いんだ」

サーロが人目を気にしているとは思わなかったが、考えてみれば人間だったことがないのだから他人のいるところでは落ち着かないのだろう。

「どうかしたのか、ルカ。しけたツラしてるぞ」

「ああ、ちょっと困ったことを頼まれてさ……ついでに言うと、一緒に旅に出るのはだめになったんだ」

「なんだと……？」

ルカはマテオの部屋で何があったのかサーロにかい摘《つま》んで話した。

「……つまり僕がここから逃げたら、マテオは密書を開封する通達を出すんだ。何十何百とある支店全部に」

帝国内のどんな都市にもカヴァリエリの支店はある。小さな田舎町や、街道沿いの村々……そして帝国の版図《はんと》の外の異国にも。およそ人が住んでいて文明があるところならどこにでもだ。

どこにも逃げ場はない。

「だからあいつらを信用するなと言っただろう！　あのときすぐ逃げ出せばよかったんだ」

「今更そんなこと言ったって手遅れだよ……」

琥珀《こはく》色の瞳がぎらりと危険な光を帯《お》びた。

「なんなら、俺があいつらを片づけてやろうか？　『あの姿』にしてくれたら……」

「駄目だよ！　マテオかステラが死んだら、無条件で開封されるんだから！」

それに、どんな理由があろうとマテオを殺すなんて、絶対駄目だ。あんなに苦労して助けたのは何のためだ？　金のためじゃない——あのとき、謝礼のことなんか念頭《ねんとう》になかった。

ただ純粋にマテオを死なせたくなかったんだ。

だから、後悔はしない。彼を助けたことは。

ルカは細くため息を吐いた。

明るい面を見よう……。考えてみれば、今の状況は最悪とまでは言えない。バレた時点で、教会に通報されていたかもしれないのだから。

「……とにかく、今は駄目だ」

あの密書をなんとかしなければ、こちらには打つ手がない。

いまは服従《ふくじゅう》するふりをして、なんとかして自由になる機会を待とう。秘密を握られたと言っても、まだ通報されていないし、ルカに利用価値があるうちはしないだろう。

ずっとマテオの側近くにいれば、むこうの弱みを探り出すことが出来るかもしれない。それまでは我慢だ。

ルカは慣れない人間の姿で慣れない宮殿暮らしをしているサーロに目を向けた。

サーロは別にここにいる必要はないんだよな……。マテオが引き止めたがっているのは、自分だけだ。そもそも、自分はサーロにあの話を聞く前はここに残るつもりだった。

だけどサーロは違う。サーロは出て行きたがっていた。

「サーロ。おまえは一人で逃げろ。逃げて主《あるじ》を捜しに行けよ。犬の方の姿なら誰にも怪しまれずに出て行けるから……」

「馬鹿ルカが。ほんとにあんたは馬鹿だな！」

サーロは腕組みして部屋の中をぐるぐると歩き回っていた。そうやって檻の中の熊みたいに歩き回ったあげく、唐突に嚙んで吐くように言った。

「俺は、行かないぞ！」

「……なんで？」

吃驚《びっくり》して目が真ん丸になった。

心底、分からない。サーロは何が何でも元の主を捜しに行きたいのだとばかり思っていた。

「あんたが、標識だからだ」

「標識……？」

「あんたの使いこなせてない《力》のことだ。俺は匂いとして感じるが、魔術師にならたぶん光として目に映るだろう」

それは《力》を使うときの金色の光みたいなものなのだろうか。

自分では分からないけれど、《力》を使っていないときにも自分は光を放《はな》っているのか。

魔力を持つ者に自分がどう視《み》えるのか、ルカは知らない。自分以外に《力》を持つ者を知らないからだ。父は強い《力》を持っていた筈《はず》だが、父が生きていた頃にはルカの《力》はまだほとんど発現していなかったから、父がどうだったのかもよく分からない。

「魔術を感じられる者にとっては、あんたは闇夜の松明《たいまつ》みたいに目立つんだ。こっちから捜しに行かなくてもいずれ向こうがあんたを見つける」

「あ……！」

それは考えつかなかった。ある意味で囮《おとり》のヤギみたいなものじゃないだろうか。

「俺は、あんたを見張っていればそのうちあいつの方から来るだろうと思ったんだ。だから、あんたから離れる気はない。どこにいようとあんたはあいつに通じる唯一の手がかりだからな」

「……それじゃ、本当に行かないのか……？」

「くどい！　俺はあんたが標識代わりになると思ったからついてきただけで、半人前のあんたにあいつを捜せると思ったことなんかない」

「え——そうだったのか……」

「当たり前だ！　誰があんたみたいな半人前をあてにするものか」

僕の《力》を頼りにしてたんじゃないのか……。

ホッとするのと同時になんだかちょっとがっかりした。サーロが自分を主として認めた——少しは認めていると思う——のは、ルカの《力の術》に一目《いちもく》置いてくれたからじゃなかったのか。

「それで、困った頼まれ事というのは何なんだ。言ってみろ」

「マテオに《力》を貸してくれって言われたんだよ」

「最初からあんたはここに残ってマテオに守って貰《もら》う代わりに力を貸してやるつもりだったんじゃないのか」

「うん、そうなんだけど思ってたのと違うことを頼まれてさ……それに自信がないんだ。いざというとき呼び出せなかったらどうしようかと……」

問題は、いざというときにちゃんと《力》を使えるかということだった。暗殺者の群れに囲まれた時もなかなか光を呼び出せなかった。

失敗したら——利用価値がないと思われたら、不要なものとして切り捨てられる可能性だってある。マテオはとにかく、ステラの方にはすぐに切られる気がする。

ここのところ、成功が多くなってはいるが。

最近、うまく行ったりいかなかったりがどうだったのか思い返してみた。

この街に来る前、病人を助けて村人に追われたときは駄目だった。それで野宿になって、焚《た》き火《び》を熾《おこ》そうとしたときもうまくいかなかった。結局あきらめて火打ち石で点《つ》けたのだ。

だけどダルジェントの橋の上の賭博場では一度で呼び出せた。あの日は調子が良くて、《力》の制《せい》御《ぎょ》もうまくいったんだ。

そのあとは、マテオ暗殺未遂事件だ。

あのときは条件が悪すぎたせいもあってどうにも呼び出せず、ミケロットを死なせてしまった。自分が絶体絶命になってやっと呼び出せたのだ。

マテオの解毒のときもなかなか光が来なくてやきもきしたんだっけ。なんでか急にうまくいったんだよな……。

サーロが背中をばん、と叩いた。

「全く！　あんたは半人前だからな！」

「サーロ、痛いじゃないか……」

ルカは言いかけた文句を途中で飲み込んだ。頭の奥で何かがちらりと発火した気がしたのだ。

《力》……？　《光》がすぐ近くまで来ている感じだ。

何でだろう。いま呼び出そうとしていなかったのに。

試しに瞼《まぶた》を伏せ、何とは無しに呼び出してみる。

(来い。目覚め……)

いつもの一心不乱な集中も苦労もなく、まるで呼吸するようにたやすく光はやってきた。

「ルカ。いま、あんたの魔術の匂いが急に強くなったぞ」

「魔術じゃない、《力》だよ……なんでか分からないけど……」

サーロに背中をたたかれた途端にだ。

ハッとなった。

まさか……！

「……サーロ、ちょっと触ってみてもいいか？」

「なんでだよ！」

「いいから！」

サーロの白い筋のある黒髪の頭を両手でくしゃくしゃにする。

次の瞬間、瞼の裏を金色の光の筋《すじ》が縦横無尽《じゅうおうむじん》に奔《はし》った。

(やっぱりだ……！　サーロだ……サーロだったんだ……！)

賭博場では、黒犬のサーロを抱えていた。

路地で殺されそうになったとき、サーロがマントの下に逃げ込んできた。

それにマテオの解毒治療のときは……人間のサーロが肩を叩いてからうまくいったんだ！

素早く《力》を呼び出せたときは、いつもサーロを抱えているか、身体のどこかが触れていたときだった。《力》を思うように呼び出せない障害はサーロに触れると消えるんだ。

（触媒《しょくばい》？　増幅剤《ぞうふくざい》？　なんでサーロが……？）

いや、理由よりとにかくサーロが《力》の触媒だという事実が重要だ。

瞼の裏で《力》の光は美しい金色の軌跡《きせき》を描いていた。

サーロさえいれば、いつでも《力》を使える。

それに、それを操る《術》の方も安定するのではないか。

考えてみると、サーロが側にいるようになってから、一度も失敗は――病人を元気にしようとして宙に浮かせてしまうような馬鹿げた失敗は――していないのだ。

制御できるなら密《ひそ》かに練習することだってできる。今までは呼び出すだけでも一苦労だし、制御が不安だから《触手《しょくしゅ》》や《探索》以外の型は試せなかった。これからは他の型も使えるようになるかもしれない。

サーロが憤懣《ふんまん》やる方ない顔でくしゃくしゃになった髪を整えた。

「なにすんだよ！　馬鹿ルカ」

「さっきのお返しさ」

このことは当面、サーロには内緒にしようと思った。

マテオに知られる危険があるからだ。

サーロは人語《じんご》を解《かい》するとはいうものの、不用意な発言が多い。マテオの方は裏を読むのに長《た》けているときている。サーロの迂闊《うかつ》な発言から触媒効果のことを見破ってしまうかもしれない。

もし、サーロがルカの《力》を増幅すると気付いたら、マテオはサーロも手中《しゅちゅう》に収めようとするだろう。それこそ魔獣の方のサーロでも破れないような頑丈な檻《おり》に閉じこめてしまうかもしれない。

だが、これで状況はこちらに有利になった。

それに、マテオに頼まれた仕事をしくじる心配も少なくなった。

「サーロ、おまえに頼みたいことがあるんだけど……」

「言ってみろ」

随分と偉そうだが、頼みをきく気はあるらしい。

ルカはマテオの台詞《セリフ》をそっくり引用させてもらうことにした。

「おまえにしか出来ないことなんだ」


マテオに頼まれた仕事は、想像していたのとは随分違っていた。

正直に白状すると、マテオを政敵や暗殺者から守ることを考えていたのだ。自分はなんと初心《うぶ》だったことか。

だが、想定外の依頼であろうと、協力する姿勢を見せておく必要がある。そうすればいつかマテオも油断して弱みを見せるかもしれない。マテオの弱みを握れば、取引の材料になる。

それは自由への鍵だ。

「サーロ、頼むよ。僕ひとりじゃ心許《こころもと》ないんだ。護衛が欲しいんだよ」

実を言えば、護衛としてよりも『触媒』としてのサーロが必要なのだが、それは言わないでおくことにした。

「頼むよ。犬でも人間でもおまえ以上の護衛はいないよ」

「本当か？」

「もちろんだよ！　僕は戦う方はからきしだからさ……」

「全く情けない奴だな！　だったら剣をよこせ。この姿では牙《きば》と爪《つめ》がないからな」

案外とおだてに乗りやすい。

ルカはマテオに言って、すぐにサーロの装備を用意して貰った。

あんな襲撃があったばかりだから、マテオが新しい護衛を付けるのは不自然ではない。

腰に長剣を佩《は》き、お仕着せの短いマントを羽織《はお》ったサーロはどこから見てもカヴァリエリの衛士《えいし》に見えた。すらりとした身体を引き立たせる漆黒《しっこく》の衣装にマントの赤が映《は》える。

マテオは目を細めて衛士姿のサーロを眺めた。

「サーロ君、似合うじゃないか。頼もしいな」

褒《ほ》められるとまんざらではないらしい。

「ルカに頼まれたからだからな。あんたのためじゃないからな」

放っておくとサーロは延々とマテオに絡《から》みそうだ。

「ほら、サーロ。行こう」

ルカはサーロを促し、ミケロットがそうしていたようにマテオに付《つ》き従《したが》ってダルジェント共和国評議会の議場に入って行った。

頼まれたのは、投票の小細工《こざいく》だった。

議場は演台を挟《はさ》んでV字の階段状になっていた。

演台はその谷の一番低い谷底にある。

投票箱は谷底の演台の上に設《しつら》えられ、すべての席から丸見えだ。

さらに上の階は一般の傍聴者《ぼうちょうしゃ》が入れる立ち見席が議場全体をぐるりと取り巻いていた。

今日は無記名投票の案件だから百人委員会メンバーは投票箱に賛成を表す白い豆か反対を表す赤い豆をいれることになっている。

「豆の総数が投票者数を超えると不正があったとして投票は無効となる。その場合はやり直し投票だ」

「これで豆の数が多いことなんて、あるんですか……」

「しばしば起きるぞ。欠席者がいるのに豆が百を超えることもざらだ。さあ、ルカ。君の出番だ。袖《そで》の中に余分の豆を隠している奴がいたら教えてくれ」

よろけた振りをして隣に立っているサーロに軽く腕を触れると、《力》の光はやすやすと瞼の裏にやってきた。

目を伏せ、光を《探索》の形にして議場に集まっている委員たちの袖の中を覗く。

「……紫の衣装の男が赤い豆を隠してます、あと羽飾りの帽子の男と、あちらのひげのご老人も」

他にも数人、豆を隠している委員がいる。

「ふん。予想通りだ……向こうも票読みしているな」

マテオは小さく笑い、耳元で囁いた。

「こちらの情報では六人が棄権《きけん》するのがはっきりしている。それより少ない数なら誤魔化せるというわけだ」

マテオの口元から笑みが消える。

「そうはいくか！　ルカ、箱の中の赤い豆を五粒、白い豆とすり替えろ。それでこちらの勝ちだ」

「……ここからだとちょっと遠すぎます、もっと近寄らないと」

「では私が投票するとき側に付いてきてくれ」

「は……い……！」

心臓がどきどきして膝《ひざ》が震えた。

こんな衆人環視《しゅうじんかんし》のもとで《力》を使ったことはない。しかも、やることは票の不正操作だ。

（落ち着け、どうってことない、いつものペテンと思えばいい）

そんなルカの心中を知ってか知らずか、マテオは素早い足取りで階段状の通路を降りて投票箱に向かった。

（待って下さいよ！　まだ心の準備が……）

だが、待ったなしだ。

マテオが用意された豆を手に取って投票箱に近寄る。迷ってはいられない。ルカは大慌てで《探索》を伸ばし、箱の中の赤い豆を選《よ》って絡《から》めとった。同時にもう一本の《力》の見えない触手で懐《ふところ》に忍ばせてきた白い豆を五粒包み、箱板を通して投票箱の横腹から内部に忍び込ませる。

懐の包みがしゃり、と音をたてて僅《わず》かに重くなった。五粒の赤い豆が懐の包みの中に落ちた重さだ。

マテオがちらりとこちらに目をくれる。

ルカは小さく頷き返し、そのままマテオと肩を並べて足早に投票箱の前を離れた。

成功したのは、分かっていた。


開票の結果、白い豆が赤い豆を四粒上回り、この動議は賛成多数で通過した。マテオの思惑が当たったのだ。

その夜、宮殿の庭でマテオは上機嫌だった。

「素晴らしい！　君は素晴らしいよ、ルカ！」

「でも、ズルじゃないですか……？」

「いや。これも神の思《おぼ》し召《め》しだよ。君が私の元に来たこと自体がね。ミストラ神は私にこの国を任されたのだよ」

ミストラ神が聞いたら怒るんじゃないのかなあ……。

まあ、神に許されない存在であるらしい自分がこうして今日まで生き延びているのだからミストラ神はあまり細かいことは気にされないのかもしれない。

「あなたが根回しすれば小細工をする必要なんてないでしょう……？　カヴァリエリは多数派なんですから」

「いや。多数派でもすべての議題で意見の一致をみるのは難しいことなんだ。個々の利害があるからね。これからも頼む」

その言葉通り、それからマテオは評議のたびにルカとサーロを議場に連れて行くようになった。

その結果、百人委員会で投票にかけられるさまざまな議題がカヴァリエリ家にとって都合の良い方に傾いた。マテオは賢明すぎるほど賢明だったから、慎重に票読みをして不自然な結果にならないよう——しかし、投票結果に口を差し挟まれない票差で勝つようルカに指示した。

慣れというのは怖いもので、次第にルカも大してびくつかないで投票箱の中身を操作できるようになってきた。

もちろん、その前に必ずサーロに触れるようにしたのは言うまでもない。一度触ればしばらくの間は問題なく《力》を呼び出せる。

そうなるといかに自然にサーロに触るかが悩みどころだった。

小犬の姿だったら簡単だったのだが、護衛の役にはたたない。肩や背中を叩く、よろけたりつまずいた振りをする、服の埃《ほこり》をはたく——などなど。

「何ぶつかってんだ、馬鹿ルカ」

「あーごめんごめん、そこにいるって気付かなくて」

「ホントにどんくさいな。あんたより背があるのに何故《なぜ》気付かん！」

こんな他愛《たわい》ない会話が繰り返されるたびに百人委員会でマテオに有利な議決《ぎけつ》がなされた。

共和国第一書記選挙ではマテオの推《お》す候補者が選出された。

百人委員会の欠員選出もマテオの掌中だった。委員候補は一般の推薦《すいせん》と委員会メンバーによる記名投票をへて三人にまで絞《しぼ》り込《こ》まれ、最終的な決定は籤引《くじび》きで決められる。

「なぜ、最後は籤引きなんですか」

「民意《みんい》と神意《しんい》を合算《がっさん》する、という思想なのだよ。祖父の代からの伝統だ」

だが籤引きほど《力》で操作しやすいものはない。

抽選箱《ちゅうせんばこ》から転げ出てきたのは、もちろんマテオが推す候補の名前の書かれた木札だった。その日もルカとサーロを伴《ともな》ったマテオが議場の抽選箱の近くで見守っていた。

マテオは共和国政府の主要ポストをひとつずつ自分の息の掛かった人間にすげ替えていくつもりなのだ。

ただ、縁故者《えんこしゃ》を優遇しようとしているのではないらしい。マテオが公職に推すのは仕事の出来る人間ばかりだった。例えば、妹の婚約者で親しい友人のロレンツォ・グリマーニには公職を与えていなかった。

確かにロレンツォは信用できる良い奴だけど、善人すぎて政治には向いてないと思う。

カヴァリエリと並ぶ大物政治家だったフランチェスコ・ガッティはマテオ暗殺未遂とミケロット殺害教唆《きょうさ》の罪で絞首刑《こうしゅけい》に処せられ、事件に連座《れんざ》した者は共和国からの追放二十年の処分になった。ガッティ家とモニチェリ家はおもだった人間がほとんど追放されたため、少なくとも一世代は共和国政治に口を出すことが出来なくなった。

百人委員会は投票の小細工をする必要がないほどカヴァリエリ派が多くなっている。事実上、ダルジェントの政界にはもうカヴァリエリ家に対抗できるライヴァルはいなかった。

◆◆◆

あの暗殺未遂事件以来、《自由の庭》は以前とは違うものになっていた。

まず、ミケロットがいない。

ミケロットの不在はそれだけで《庭》の雰囲気を大きく変えてしまった。あまり発言することはなかったけれど、そこにいるだけで小さな太陽のように皆を照らしていたんだ、といまさらながら気付かされた。

文化人や芸術家のメンバーはほとんど呼ばれなくなり、来るのは身内のベアトリーチェとロレンツォだけだ。ベアトリーチェはサーロの正体を知らないので、小犬のサーロがいなくなったことをひどく残念がっている。

そしてルカにとっては《もう自由ではない》庭だ。

マテオは以前のように親しげに接するが、そこにあるのは目に見えない鎖《くさり》だった。

(僕はなんて馬鹿だったんだろう……マテオの友人になった気でいたんだ。こっちが利用するつもりで近づいたくせに)

利用するつもりが利用されているんだから世話はない。

その日も、まだ太陽が高いうちに小姓が呼びに来た。気は乗らないが、断ることはできない。

中庭の東屋《あずまや》ではいつものようにマテオとステラが待っていた。庭を彩《いろど》っていた雛罌粟《ひなげし》は立《た》ち枯《が》れ、風に揺れてかさかさと音を立てている。

「ルカ。サーロ。二人ともよく来てくれた」

ロレンツォとベアトリーチェの姿はない。

最近気付いたのだが、政治絡みの汚い話があるときにはあの二人は呼ばないのだ。

つまり今日も何か汚い仕事の話があるということだ。

マテオとステラは、ロレンツォとベアトリーチェには自分たちの汚い部分は見せたくないのだ。

案の定、マテオは切り出した。

「ルカ。サーロ。頼みたい仕事がある。君たちにしか出来ないことだ」

「なんでしょうか……」

ルカはダルジェント市特産の上等の赤ワインを傾けながら話半分に訊いた。

マテオの『君たちにしか出来ない』はもう聞き飽きている。

「レムジーア帝国皇帝セレスティアノス十四世を誘拐《ゆうかい》して欲しい」

思わず飲みかけたワインを吹いた。

「今の、冗談ですよね……？」

「冗談でこんなことを言うものか。誘拐というのは言葉が悪いな。お迎え……いや、救出と言った方がいい。君は、帝都《ていと》に行ったとき都に皇帝はおられなかったと言っただろう？」

「確かマデルナ公国にご滞在中とかで……」

記憶の糸をたぐる。あれは二年ほど前だ。

遍歴を始めて間もないころ、物見遊山《ものみゆさん》気分で訪《おとず》れたレムジーアの都は期待外れで、早々に後にしたのだ。

「そうだ。この五年間、一度も帝都には戻られていない。皇帝陛下がなぜ都に戻られないのか知っているか？」

「……政治的な混乱を避けるためとか」

そう聞いていたが、実のところよく分からなかった。

「間違ってはいないよ。ベニン半島の政治的混乱は、都市国家同士の力の拮抗《きっこう》によるものだと前に言っただろう。衰退《すいたい》したレムジーア帝国は相争う都市国家群の上に差し掛けられた薄い日傘《ひがさ》のようなものだ。もはや政治的な力はないが、皇帝陛下本人は別の力を持っている」

「なんですか」

「血統《けっとう》の権威《けんい》だ。初代レムジーア皇帝から一千年に亘《わた》って続いてきた血脈《けつみゃく》のね。新興の都市国家には逆立《さかだ》ちしても手に入らない。それは皆が仰《あお》ぎ見《み》る権威になる。だから、皇帝その人をお迎えすることが最高の権威づけとなるわけだ」

マテオはミケロットの遺髪《いはつ》の入ったペンダントに軽く手を触れた。

「皆が喉《のど》から手が出るほど欲しがっているものが、この世にひとつしか存在しなかったらどうなると思う？　ルカ」

「……奪い合い？」

「言葉は悪いが、そうだ」

「でも、皇帝陛下……ですよ？」

「陛下の流浪《るろう》が始まったのは、五年前にレムジーアの皇城が落雷《らくらい》による火災で焼けたとき、アルカ王の賓客《ひんきゃく》としてアルカの王城で過ごされたのがきっかけだ。アルカは小国だが、気候が良いところでね。

陛下をお迎えしたことでアルカの首都は随分と景気が良くなった。隣の大国のブランジーニ公国はそれが面白くなかった。ブランジーニはアルカに兵を向けた」

「皇帝陛下がいるのに？」

「いるからだよ、ルカ。帝国軍が陛下に従っていないのも分かっていた。帝国軍は摂政《せっしょう》のレオポルド・クネゴが指揮権を握っていて、帝都に留《とど》め置《お》かれたままだ」

「それで、どうなったんですか」

「結局、アルカ王は皇帝陛下をブランジーニ公に差し出したんだ。ブランジーニは公城に陛下をお迎えし、大いに箔《はく》を付けた」

「その、それって陛下ご自身の意思は……？」

「陛下の意思など関係ない。クネゴ摂政とその取り巻きにとっては皇帝の不在はむしろ都合がいいからな」

ステラが言った。

「しかし、それが前例になって、ベニン半島の各国が競《きそ》って皇帝陛下を自国に『お迎え』しようとするようになったのだ。武力や賄賂《わいろ》やさまざまな政治的取引を駆使《くし》してな」

マテオが続ける。

「表向きには、年若い皇帝が勉学のため帝国傘下《さんか》の国々を漫遊《まんゆう》しておられるということになっている。だが、実際のところ陛下はずっと虜囚《りょしゅう》なのだよ。都市国家や公国にとってはゲームの駒《こま》ということだ。お気の毒だとは思わないか？」

「だから、救出と……？」

「物分かりがいいね」

マテオとステラが、二人同時に微笑《ほほえ》む。

ルカは引き込まれるように鏡像《きょうぞう》のような二つの微笑を見つめ、それから口から泡を飛ばして叫んだ。

「不可能ですよ、そんなの！」

このカヴァリエリ宮を例にしてみたってわかる。広大で入り組んだ宮殿の中でどこにいるかも分からない皇帝を捜しだし、警備兵を倒して連れ出すなんて、どう考えたって無理だ。

「普通なら不可能だろう。だから君たちにしか出来ないと言ったのだ。だが、幸いなことに皇帝の警備が薄くなるときがある。それも、近々にね」

「どういうことですか」

「陛下は、ここ一年ばかりアスコーネ共和国に滞在していたが、コラーラ公国に身柄を移されることになったのだ。その行幸《ぎょうこう》の行列がダルジェント近郊を通る可能性がある」

サーロと二人で皇帝行幸の行列を襲えということか……？

「無理です！　いいですか、マテオ。僕の《力》は、ささやかな、小さなものです。あなたも分かってるでしょう？　細かいことに向いていて、戦うのにはまるっきり向いてないです！」

「そちら方面はサーロ君がいるだろう」

「いくらサーロでも無理ですよ！　確かにあのとき剣を持った敵を一度に六人か七人やっつけましたけど……皇帝の警護はそんなものじゃないでしょう」

魔獣サーロの巨大な牙と爪がちらりと脳裏《のうり》をかすめた。本当のところ、サーロがどれくらい強いのかは分からない。

「それに、サーロに人間の味を覚えさせたくないんです。今は羊肉で満足していますが……」

骨付き肉を手づかみで噛《か》み割《さ》いているサーロを指さした。

「もしこいつが人間を好んで喰うようになったら、僕に抑《おさ》えられるかどうか分かりません」

マテオが僅《わず》かにたじろいだ。

「ふむ……なるほど」

確かにどんなに警備の随員《ずいいん》を増やしても宮殿の壁よりは薄い。だが、それは『人の壁』だ。

皇帝の護衛だって自分の仕事をしているだけだ。サーロが『あの姿』で暴れたら何十人も犠牲者が出ることになる。人間なんかあの太い前脚から繰《く》り出《だ》される一撃でいちころだ。

(何人死ぬんだ？　五人？　十人？　五十人？　たった一人のミケロットの死が胸に刺さったままなのに？)

「俺は人間なんか喰わないぞ。牛なら喰ってもいいが」

「サーロ、おまえは口を出すな。引き受けるかどうか決めるのは僕だ」

ルカは必死に頭を巡《めぐ》らせた。

皇帝誘拐はマテオにとっても一世一代の大博打に違いない。これはマテオとの取引の材料にならないだろうか。

だが、そのために無関係な大勢の人間を殺すのは厭《いや》だ。

くそ、何のための《力》だ……？

なにか……なにかうまい方法はないだろうか。随員を傷つけずに皇帝を誘拐する方法が。

一つの考えが頭の中でぼんやりと形をとり始めた。

言ってみれば、それはほとんど狂気《きょうき》の沙汰《さた》のような計画だった。

だが、成功の可能性がないわけではない。

サーロがいれば。そして、いくつかの条件が整えば——或《ある》いはうまくいくかもしれない。

「……引き受けるかどうかは、報酬《ほうしゅう》によります」

「ということは、引き受ける気になってくれたのかな、ルカ？」

「まだ引き受けるとは言っていません。僕らを自由にすると約束してくれたら、考えましょう」

「何を悲しいことを言い出すんだ、ルカ。待遇に不満があるなら言ってくれ。できる限り君の希望を叶えよう」

「いいえ、マテオ。良くしていただいていますし、待遇には満足しています。でも、僕は自由が欲しいんです」

「君は自由だよ。檻に入れられているわけじゃないだろう、ルカ」

「あなたは僕らを密書で縛《しば》っているんです……お願いです、僕らを自由にしてください」

「では、君とサーロ君がやり遂《と》げたら、考えよう」

マテオの三日月のような笑み。この微笑に騙されたんだ。

自分がペテン師なのに、騙されてどうする……！

「約束が先です。カヴァリエリとして約束してください」

「ルカ……」

マテオの顔から笑みが消えた。固い仮面のような表情でじっとルカを見つめている。

「……分かった。カヴァリエリとして約束しよう。君たちが陛下をここにお連れしたら、密書を破棄する」

ルカは歯の間から密《ひそ》かに長い息を吐きだした。

やった……！　マテオの約束を取り付けたんだ……！

あとは《力》を上手く使って誘拐を成功させればいいだけだ。

「……では、僕の言うものを用意して下さい。それと、皇帝行幸の行列の経路と警備状況の情報を」

6．そんな話はきいていない

出発の日、マテオはルカの手を固く握って言った。

「成功を祈る。三十日以内に戻ってこい。さもなければ」

二本の指を首に当てる仕草をする。

「分かるな」

「分かってますよ」

戻らなかったら、マテオは密書を開封する通達を出すんだ。

「頼むから私の裏をかいて逃げようなんて思うなよ。成功しようとしまいと絶対に戻ってきてくれ、ルカ」

「そんなに念を押さなくても戻ってきますよ」

「信じている」

ルカは背嚢《はいのう》に荷物を詰め、歩きやすい革靴を履《は》き、短い街着のマントを脱いでがっちりした厚手の長マントを羽織《はお》り、驢馬《ろば》の背に荷を積んだ。

期限付きだが、それでも久しぶりの旅だ。

こんなことになる前は、ずっとこの宮殿で暮らしたいと思ったのを思い出した。

無い物ねだりだな……。

サーロが肩を並べて歩きながら言った。

「ルカ。引き受けてよかったのか？　勝算はあるんだろうな」

「いいんだよ。成功すればマテオから自由になれるし、上手《うま》くいかなくても捕まりさえしなければこっちのものだ」

マテオだって、こんな計画がそうそう上手くいくとは思っていない筈《はず》だ。駄目で元々、成功すればめっけもの、といったところだろう。リスクをとりたくないから自分の子飼いの兵は使わないのに違いない。

「それに、旅に出ればおまえの主《あるじ》が見つかるかもしれないだろ」

「そうか！　あんた、見た目によらず頭がいいな！」

「今頃分かったか」

今はただ束《つか》の間《ま》の自由を楽しもう。

成否《せいひ》に拘《かか》わらずカヴァリエリの軍資金で旅をすると思えばいい。良い旅籠《はたご》に泊まって豪遊《ごうゆう》するのも悪くない。

（僕はペテン師なんだぞ。そのくらいやってやる）

「人目の無いところに行ったら、あの姿にしてやるよ」

「本当か？」

大きい方のサーロはなにしろふさふさだから、野宿のとき暖《だん》をとるのにぴったりだ。

「山の中に行ったらな。けど、最初のうちは街道の旅籠に泊まるから駄目だ」

「そのあと山に行くのか？」

「たぶんね」

皇帝行幸《ぎょうこう》がアスコーネからコラーラへ向かう道筋で考えられる経路は二つ。

一つはダルジェントの南を通る帝国道。もう一つは山岳地帯を抜ける山岳路《さんがくろ》だ。

南回りの帝国道は広くて平坦だが、古い時代に作られた大きな橋が落ちたままになっていて川を歩いて渡らなければならない箇所《かしょ》がある。水位が下がっていればくるぶしを濡らすくらいで済むが、上流で少しでも雨が降ったら皇帝陛下の行列は何日も足止めを食う。山岳路は距離は近道だが、険《けわ》しい急坂が多い。

まだ皇帝行幸がどちらの道をとるかは分からないから、街道の交差する場所にある宿場町で情報を集めるつもりだった。皇帝行幸は必ず街道の旅人の噂になる。

ルカは二つの街道が交わるブラガの町で一番いい旅籠に投宿《とうしゅく》した。鍵つきの個室がある宿だ。帳場《ちょうば》で宿帳《やどちょう》に名を記入すると、主が恭《うやうや》しく言った。

「ルカ・フォルトナート様ですね」

「そうだけど」

「カヴァリエリ銀行ブラガ支店からフォルトナート様宛《あ》てのお手紙を預かっております」

「えっ！」

部屋に駆け込むなり封を切る。

マテオからだった。

『ルカへ。アスコーネ支店からの報《しら》せだ。パーティは山の上に決まった。参加者は七十人ほどだ。資金が足りなければ支店から引き出せるようになっている。では、旅を楽しみたまえ』

驚いた……。

アスコーネ支店から届いた情報をすぐに鳩《はと》でブラガ支店に送ったのか。確かにブラガで良い宿に投宿して情報収集するつもりだとは言っておいたし、ここは近隣で一番いい旅籠なのだが。

この支店を結んだ高速情報網《もう》がカヴァリエリの強みなのだ。鳩を使えば半島のどこでも一日、二日でつく。支店から支店への早馬便《はやうまびん》も自社で持っていると言っていた。

どこか遠方《えんぽう》で天候が不順だとか、どこそこの交易船《こうえきせん》が沈んだとかいう情報をいち早く手にすることができたら、次に何が高騰《こうとう》するか分かる。どの商社が大きく儲《もう》けるか、損失《そんしつ》を出すか前もって知ることが出来る。

感心するのと同時にゾッとした。マテオはいつでもルカの秘密を暴露《ばくろ》出来るということを見せつけたのだ。それと、どこに逃げてもマテオから逃《のが》れることは出来ないのだということも。

「ルカ。あいつからか。何て書いてあるんだ?」

「……僕らは山道を行った方がいいってさ」

マテオの手紙は、皇帝行幸は山岳路を通るという意味だ。そして警護の随員《ずいいん》は七十人くらいだということだろう。これは予想より少し多い。

ルカは手紙を暖炉の火にくべて燃やした。

(まあ、なるようになるさ。山岳地の方が自分のたてた作戦には向いているし)

街道沿いの小さな町や村のカヴァリエリ銀行の支店には必ずマテオからルカ宛ての私信が届いていた。判《はん》じ物《もの》のような文面の中に町の名が書いてあるだけだが、ルカにはそれが行幸が既に通過した町だと分かる仕組みになっている。それらの手紙の中の地名と日付をつなげれば、どの道をどれくらいの速度で進んでいるのか分かるわけだ。

これなら皇帝はあと数日でこの近くまでやって来そうだ。

それにしてもカヴァリエリの情報網は恐ろしい。

五日目、山に入った。この先の山岳路で皇帝の行幸を待ち伏せするためだ。この作戦には、山と川が迫《せま》っていて、道幅が狭くなっているところが向いている。決行予定地は川沿いを走る街道が二つの小高い頂《いただ》きに挟まれた場所で、遍歴《へんれき》中に歩いたからよく知っていた。

ルカは驢馬の尻を叩いてところどころに灌木《かんぼく》が生《は》えた斜面を登らせた。崩《くず》れやすい斜面をしばらく登ると、谷に向かって突き出した岩場に出た。

ここがいい。街道を上から見渡すことができ、むこうからは発見されにくい場所だ。

日が落ち、木々の黒い影の合間から銀粉《ぎんぷん》を撒《ま》いたような星々が覗く。天の川より奇麗な天蓋《てんがい》なんてない。

夜のしじま。針葉樹《しんようじゅ》のさわやかな匂いと、梢《こずえ》のざわめき。

突き抜けたような解放感があった。忘れかけていた。こういう気ままな旅の感覚を。

サーロがせっついてくる。

「ルカ。このあたりにはもうあんた以外の人間はいない。約束だ。俺を本当の俺に……」

「分かったよ」

山中には熊や狼《おおかみ》がいるかもしれない。大きい方のサーロがいた方が安心だ。

サーロの肩に手を乗せ、目を閉じる。

ほとんど瞬時に《光》が現れた。サーロの中の二つの姿が視《み》える。大きいのと小さいの。その姿を内側に押しとどめている何かがあるのに気付き、《力》の触手《しょくしゅ》でそれを外す。

サーロの中の別の姿はそれ以上手を触れずともひとりでにするりと表面に現れ、黒い影のように人間のサーロの姿を覆《おお》い尽《つ》くし、取って代わった。

（やあ。久しぶり）

改めて見ると、でかいな。

魔獣の頭部から首周りにかけての豪華なたてがみを梳《す》くように撫《な》でる。本当にふさふさで、暖かそうだ。

魔獣は満足げに喉《のど》を鳴らした。

「うむ。これが本当の俺だ！」

そう思いたいのは、解《わか》る。

巨大な狼の頭、熊の前肢《まえあし》、獅子《しし》に似た胴体。素晴らしく力強く、そして美しい。

琥珀《こはく》色の眼がじろりと睨《にら》んだ。

「いつまで触っている……！」

「あー、いや。暖かそうなもんで……」

既に瞼《まぶた》の裏は金色の光に満たされている。

凄《すご》い。

魔獣のサーロの毛に触れただけでこれだ。小犬や人間のサーロでも触媒《しょくばい》効果はあったけど、これほどじゃなかった。

枯れ枝を集めて焚《た》き火《び》を熾《おこ》し（ちゃんと《力》で点《つ》けた）、蜜漬《みつづ》けの燻《いぶ》し肉《にく》を軽く炙《あぶ》って飴色《あめいろ》に柔らかくなったところを口に入れる。ねっとりした噛みごたえがあり、甘い。

「俺にもよこせ」

「ちょっと待てよ」

肉を炙っては魔獣に投げ、自分でも食べた。魔獣は投げる端からぱくりと一口に食べてしまう。炙るのが追いつかず、しまいにはほとんど投げる一方になった。

「もっとよこせ」

「もうない」

少なくとも、今日の配給分は。

そういえば、サーロに出会ったのもこんな山の中だったっけ。あのときは可愛らしい小犬で、チーズをねだってきたんだった。

「晩飯はこれだけか？」

「僕より三倍も余計に食っただろう？」

「いつもより少ない」

「最近食べ過ぎだからだよ」

やっぱり、小さい方の犬にすればよかった。

魔獣のサーロは林の下草を食《は》んでいる驢馬に目を向けた。

「その驢馬を食ったら駄目か？」

「駄目だ！　あれは荷物運び用！」

驢馬を食われてしまっては困る。驢馬が積んできた荷物の中には作戦のための道具がある。それが重いのだ。それに帰り道は『荷』が増えるかもしれない。

「おまえが荷を背負うならいいけど？」

「俺を驢馬の代わりにだと……！」

「厭《いや》なら驢馬は食うなよ」

魔獣は未練がましく驢馬を眺め、腹立たしげにぐるぐると唸《うな》った。一応文句は言うものの、無理に我《が》を通すということはないらしい。そのへんは、人間のサーロと同じだ。

「僕はそろそろ寝るけどさ……」

ちらりと魔獣のサーロに——ふさふさの毛皮に——目をやる。

「……俺で暖を取るのはお断りだからな！」

ちぇ。見抜かれていたか。

ルカは焚き火の中で熱まった石を厚布で包んで即席の行火《あんか》にすると、毛布代わりのマントを身体に巻き付けた。


翌日からサーロは山中を走り回ってウサギや子鹿を獲《と》ってくるようになった。よかった。自給自足にしてくれるとありがたい。

「あんまり遠くに行くなよ。いつ皇帝の行列が来るか分からない」

「大丈夫だ。来れば遠くからでも分かる」

野営を始めて三日目、状況に動きがあった。

岩場で寛《くつろ》いでいたサーロが急に頭をあげた。耳をピンと立てて注意深く風の匂いを嗅《か》いでいる。

「ルカ。山中に人間と馬がいる」

「え？　街道じゃなく？」

「谷を挟んだ反対側の山の中だ。馬は二、三十頭はいるな。人はもっとだ。それに鉄の匂いもする」

妙だな。こんな山中に大人数の人と馬……？

「……もう一つ、別の音と匂いだ。こっちは街道だと思う。大勢の人間と馬と馬車が街道をこちらに向かって歩いている」

ルカは飛び上がった。皇帝の行列に違いない。

「どれくらいの距離だ？」

サーロは風を読むように頭を上げた。

「……遠いな。あの速度だとかなりかかる」

「よし、サーロ。おまえは山中の集団の動きを見張っててくれ」

山中の集団は時期的に鹿狩りかもしれない。

だけど、なんとなく厭な感じがする。馬が二、三十頭って多過ぎないか？　皇帝行幸の斥候隊《せっこうたい》とも考えられるけど……。

急いで焚き火を消し、驢馬を離れた場所に繋《つな》ぎ、覆面《ふくめん》で顔を隠した。マテオがよく使う派手な革の仮面ではなく、顔の半分を隠すだけの黒い布覆面だ。

眼下に谷筋を一望する絶好《ぜっこう》の場所に陣取《じんど》り、街道を見下ろす。皇帝の一行はこの真下を通るはずだ。

（まだか……まだか……まだか……！）

ようやく行列の先頭が九十九折《つづらお》りの陰から姿を現した。

双頭《そうとう》の狼の帝国旗が風にはためく。

甲冑《かっちゅう》に身を固めた先導の騎馬、槍《やり》を天に向けて行進する色鮮《あざ》やかな衣装の歩兵隊《ほへいたい》、そして――馬車が見えてきた。

前衛《ぜんえい》の二頭立ての馬車の次に来る背の高い四頭立てが皇帝の御料馬車《ごりょうばしゃ》だろう。もっと豪華なものかと思っていたが、黒塗《ぬ》りで装飾はなく、警備のためか窓のない堅牢《けんろう》な造りだ。ルカは囚人護送車《しゅうじんごそうしゃ》を連想した。

谷底の川筋に沿ってくねくねと折れ曲がった街道を、行列は巨大な蛇《へび》のようにゆっくりと進んでくる。あと少しでこの計画に絶好の地形の位置に差し掛かるだろう。

そのとき岩場の端で警戒していたサーロが声を上げた。

「ルカ！　山の中の連中が崖《がけ》を降りてくるぞ！」

向かい側の山肌で金属がきらりと光る。山の斜面を覆う木々の中から騎馬の集団が姿を現した。急斜面を駆け降り、土を蹴立《けた》て、川を渡り、皇帝行列に向かっていく。

（まさか別口……!?）

マテオがルカとサーロの二人では心許《こころもと》ないと私兵《しへい》を投入したのか……？　いや、それは作戦の性質上あり得ない。どこか他国が横取りを狙《ねら》ってきたということか。

なんてことだ……！　こんなことは予定に入ってなかった！

皇帝行幸の歩みが乱れた。騎馬集団に気付いたらしい。

大蛇《たいじゃ》の横腹に襲いかかる鷲《わし》のように雄叫《おたけ》びをあげ、騎馬集団は行列に突っ込んでいった。白刃《はくじん》がきらめき、人と馬が入り乱れる。金属が激しくぶつかり合う音。馬のいななき、怒号《どごう》と悲鳴。肉と骨が断《た》ち切《き》られる音。

襲撃者たちが何か口々に叫んでいるが、遠過ぎて聞き取れない。

「サーロ。あの連中が何て言ってるか分かるか？」

サーロは大きな三角の耳をピンとたて、くるりと動かした。

「ああ、聴こえるぞ。こう言っている……標的は馬車の中だ……引きずり出して殺せ……」

なんだって……？

誘拐じゃなく、暗殺目的か……！

「どうするんだ、あいつら俺がやっつけてやろうか？」

「駄目だ！」

乱戦で、どちらがどちらの陣営か分からない。いや、どちらにしたって殺すのは駄目だ。行列はまだ予定の地点まで来ていないが、作戦を決行するしかない。

「サーロ。ちょっと」

言いながら、いきなり魔獣サーロの首っ玉に両腕でがっしりと抱きついてたてがみに顔を埋《うず》めた。

「なにすんだ、馬鹿ルカ！」

「ごめん、怖かったもんで……」

来た。来た。来た……！

瞼の裏に爆発するように満《み》ち溢《あふ》れる大量の《光》。

これなら、やれそうだ。

ルカは大急ぎで荷を解《と》いた。鞍袋《くらぶくろ》の中で聖堂で使う大きな球形の香炉《こうろ》が四つ、鈍色《にびいろ》の光沢《こうたく》を放《はな》っている。

（点火！）

《力》の触手が香炉の中でぶつかって火花を散らし、中にぎっしり詰められた薬剤《やくざい》がくすぶり始めた。

「ルカ。なんだ？　それは」

「眠り薬だ！　サーロ、煙を吸い込むなよ！」

秘伝書を探していたとき、火で焚くと人間を深い眠りに誘う煙を発する薬草のことが書かれた書物を読んだのだ。

効き目の素早さと長時間持続を両立させるには幾種類もの薬草の調合が必要で、この薬草を入手できるかどうかが作戦成功の鍵だった。マテオに頼んだのはこれだったのだ。さすがカヴァリエリで、マテオは注文通りの薬草をすべて手に入れてきた。

一瞬、マテオが手っ取り早く警護の兵を皆殺しにするような毒薬を渡した可能性が脳裏《のうり》をよぎったが、手に入れるべき皇帝まで殺してしまう危険は冒さないだろうと思い直した。

薄い紫の煙が立ち昇り始めた香炉を《力》で四基同時に持ち上げ、煙が自分とサーロの側に流れてこないように風を操《あやつ》って空気の壁をつくる。

（よし。これでこっちは大丈夫……）

見張りの岩場に立って街道を見下ろした。

至る所で戦端《せんたん》が開かれているのが見える。

皇帝付きの騎士が馬を駆《か》り、騎馬の敵とぶつかり合う。

行列の飾りのようだった美麗な衣装の歩兵隊は槍を水平に持ち替え、ばらばらと打ちあっている。

ルカは《力》で香炉を街道に向かって投げ落とした。

（いけ！）

四基の香炉はそれぞれもくもくと煙の尾をひき、転がり、飛び跳ねながら崩れやすい斜面を街道に向かって落ちていく。

「サーロ、こっちだ！」

ルカは香炉を追って斜面を駆け降り、街道まであと少しのところの手ごろな灌木に身を隠した。

「僕がいいと言うまで下に降りちゃだめだぞ。煙を吸うからな」

「おう、分かった」

サーロが灌木の後ろに身を伏せる。大きすぎて木からはみ出すが、仕方がない。

戦いの場まではまだかなりの距離がある。

これほどの距離から《力》を使うのは初めてだし、敵は想定していた人数の倍近い。以前だったら、あっという間に《光》が足りなくなって無理だった。だが、今はサーローがいる。《光》が足りなくなることはない筈だ。

香炉は既に街道に達し、戦う兵たちの足元をごろごろと転がっている。

(よし、そこで止まれ!)

香炉を《力》の触手で押して戦闘の激しい場所へと転がす。

細長く伸びた戦場の右翼《うよく》に一基、左翼《さよく》に一基、戦闘の中心には念のため二基。戦いのさなかにいる兵たちは香炉に気付いたかも知れないが、構っている暇はないだろう。

ゆらゆらと薄紫の煙が立ち昇り、薄いもやのように広がる。

ルカは数十本の《力の触手》をいちどきに呼び出し、空気の中に蛇穴のような細いトンネルを穿《うが》った。香炉から立ち昇る煙は触手を追うようにぐいぐいとその穴に吸い込まれていく。

(いいぞ!)

《力の触手》を戦場に向かって飛ばす。薄紫の煙はその後を追い、鎌首《かまくび》をもたげた数十匹の蛇のように人馬の間を縫《ぬ》って奔《はし》った。

同時に放った《探索》が戦場の手触りを伝えてくる。

罵《のの》り、悲鳴、激しい戦いであがった呼吸、肩でつく激しい息、ふいごのように荒い息。

息は、空気だ。

《触手》で煙を操り、その息のひとつひとつに紛《まぎ》れ込《こ》ませる。

騎士の鋼《はがね》の鎧《よろい》の隙間に、大剣を振るう襲撃者の鼻腔《びこう》に、ルカの操る煙は蛇のようにするすると入り込む。

互いに斬り合う護衛と襲撃者の双方の肺に薄紫の煙の蛇が吸いこまれ、脳髄《のうずい》へと染《し》みていく。

戦っている兵たちの動きが鈍《にぶ》くなりはじめた。

剣が空《くう》を切り、槍がその手を離れて地面に転がる。

あちこちでのろのろとした的外れな攻撃が繰り出され、千鳥足《ちどりあし》の歩兵がくたりと膝《ひざ》を折る。馬上の騎士が馬の首に凭《もた》れ掛かり、そのまま鞍からずり落ちた。

見えない手に薙《な》ぎ倒《たお》されるように、皇帝の警備兵も襲撃者たちもばたばたと倒れて行く。

異変に気付いたらしい襲撃者たちの一部が煙から逃れようと戦いの中心から外に向かって走り出した。

（そうはいくか！）

隣にいるサーロのふさふさした毛皮をまさぐる。

たちまち満ちる《光》を《触手》に変え、香炉から立ち昇る煙を絡《から》めとり、逃げて行く者たちに向かって飛ばした。

煙の筋が逃げる者の顔の周りをぐるぐると包む。走っていた者の足元が怪しくなり、そのまま数歩進んで崩れた。

もう戦っている者はほとんどいなかった。まだ立っている者もぼんやりとした様子だ。

抜き身の剣を下げた甲冑騎士が亡霊のようにふらふらと歩き回り、剣を振り回して何もない宙を切り、そしてがらんがらんと派手な音をたてて倒れた。

鉄片の触れ合う音が収まると、あたりは急に静かになった。響いているのは今まで戦っていた者同士が地面に折り重なってかく鼾《いびき》の音だけだ。

もう大丈夫だろう。

「サーロ、いこう！」

小さなつむじ風を起こしてまだ薄くたゆたっている薬煙《やくえん》を吹き飛ばし、斜面を駆け降りる。

「うわあ……」

すごい景色だ。

見渡す限り皇帝の護衛の兵と襲撃者が地べたに倒れ、互いに入り交じって大鼾をかいている。

自分がこれをやったなんて、ちょっと凄いんじゃないか……。

《力》をこんな風に使うなど考えたこともなかった。

ルカは半ば呆然となりながら累々《るいるい》と転がった肉体を踏まないように歩いた。介入《かいにゅう》する前に戦死した者もかなりの数に上《のぼ》り、あちこちに手や足や首のない死体が転がっている。

不意に何かが足首をつかんだ。

「わああ！」

「どうした、ルカ！」

「あ、足……」

足元に倒れ伏している兵士が半眼《はんがん》をひらき、右手でルカの足をつかんでいた。

「……おまえ……な……に……も……の……」

「あー。ただの通りすがりで……」

言いかけて、その兵士が酷《ひど》い傷を負《お》っていることに気付いた。剣によるものらしい裂傷《れっしょう》からは出血が続いている。このままだと失血死するかもしれない。

「ちょっと痛むけど」

《触手》を《力》に変え、兵士の傷を焼いて血を止める。ありがたいことに治療途中で患者は再び気絶してくれた。

辺りを見回すと、重傷で息がある者がまだ数人いた。ルカはとりあえず重傷者に止血《しけつ》と骨接《ほねつ》ぎの応急処置だけ施《ほどこ》した。助かるかどうかは、運次第だ。

この連中、目が覚めたらまた殺し合いをするんだろうな……。

よし。やってみるか。

「サーロ、虫がついてるぞ」

虫を払うふりをして魔獣の毛皮をぽんぽんと叩いた。

たちまち頭蓋《ずがい》の内側に《光》の筋が奔る。

《光》を《力》の型にし、転がっている剣や槍を吸い付けて一気に空中に持ち上げた。

重い……！　が、なんとか持ちこたえた。そのまま一まとめにして川の真上まで移動させ、そこで力を解く。武具は派手な水しぶきをあげ、浅い石だらけの川にがらがら音を立てて落下した。

「これでいいや」

探せば見つかるだろうが、手元に武器があるのとないのでは違うだろう。

サーロが怪訝《けげん》な声で訊いた。

「なぜ武器を捨てる？」

「……目を覚まされたら面倒だからだよ」

人間をよく理解していないサーロに説明するのはもっと面倒だ。自分にとってはどちらも敵でしかない連中が互いに殺し合うのを止めさせる、なんて。

でも、敵かもしれないけど、敵じゃないかもしれないんだよな。雇《やと》われているだけの奴もいるだろうし、ただ仕事というだけで戦っている奴は多い。

状況が違えば笑って酒を飲んだり、友人にだってなれたかもしれない。どちらも同じ人間なんだから。

（僕は人間だろうか？　こんなことが出来る僕は）

頭を振ってその考えを振り払った。自分は人間だ。ちょっと他人と違っているだけだ。

ルカは折り重なった兵たちの向こうに立ち停まっている黒塗りの御料馬車に目を向けた。御者台《ぎょしゃだい》の御者は二人とも口を開けて眠り込んでいる。

あの馬車に皇帝が乗っているのだ。

レムジーア帝国皇帝セレスティアノス十四世。

父が捕らえられ、殺されたのは帝国法によるものだから、ある意味で父の仇《かたき》とも言える。

帝国の双頭の狼の紋章《もんしょう》が象眼《ぞうがん》された馬車の扉を見上げ、ルカは奇妙なことに気付いた。

窓がないのも奇妙だし、扉の外側に錠《じょう》がある。つまり、この立派な馬車は外側からしか扉を開けられないのだ。最初に見た印象で囚人護送車のようだと思ったのを思い出した。

（陛下は虜囚《りょしゅう》なのだよ）

本当にそうなのだろうか。

ルカは《力》を《触手》に変えて鍵穴に差し込んだ。錠前の中で金属片のパズルがひとつずつ押し込まれ、最後にかちりと機構が回る感触があり、錠が開いたのが分かった。

双頭の狼の紋章のついた扉を思いきりよくあける。

薄暗い。厚く詰め物をした真紅《しんく》の絹の内張りが角灯《かくとう》の光に照らされて黒馬車の臓腑《ぞうふ》のように見える。

その厚い詰め物をした座席の奥に、大きな枕を抱きかかえた小さな人影が見えた。

ええっ……？

これが……皇帝陛下、なのか……？

「……セレスティアノス陛下、でいらっしゃいますか？」

「そうだ。そなたは？」

声変わり前の少年の、震える小鳥のような声。

子供だなんて言ってなかったじゃないか……！

確かに「年若い」皇帝とは言っていたけれど……でも、詐欺《さぎ》みたいなものだ。これじゃ「若い」じゃなくて、「幼い」だ。

事前にいろいろ想像していたけれど、こんなのはなかった。ぜんぜん違う。違いすぎる。

詰め物をした馬車の奥にちょこんと腰掛けているのは、痩《や》せて怯《おび》えた眼をした十歳くらいの少年だった。

目鼻立ちは繊細《せんさい》で美しいが、血色が悪いため象牙《ぞうげ》の彫刻めいて見えた。髪は骨のように真っ白で、瞳の色は非常に珍しい明るい蜂蜜《はちみつ》色をしている。ほとんど金色と言っていい色だ。

「あのですね、陛下。行幸の行列が武装した暗殺者の集団に襲われたんです。陛下の家臣は……」

「朕《ちん》の家臣ではない。コラーラの者たちだ」

「あ、そうなんですね。とにかく全員薬で眠っています。暗殺者たちもです」

生きている者はね、と心の中で付け加えた。

「彼らが目を覚ます前に僕と一緒に来て頂けませんか？」

「……朕を殺すのか？」

「えっ！　殺したりしませんよ！　僕は暗殺者の一味じゃありません。僕は……というか、僕の雇《やと》い主《ぬし》が陛下を自国にお招きしたいと考えているだけです」

「皆、そう言う」

一瞬、言葉を失った。

流浪《るろう》が始まって五年、と言わなかったたっけ……？

この子が十歳だとしたら、人生の半分を周囲の大人の都合であっちにやられたりこっちにやられたりして過ごしてきたことになる。自分はそれに手を貸そうとしているのだ。

だからと言ってこの幼い皇帝をここに置き去りにしたら半分の確率で殺される。それは出来ない。

ルカは覆面を外した。覆面をしたままでは信用して貰えないだろう。

「僕を信用できないのは解《わか》ります。いきなり現れて一緒に来て欲しいだなんて、僕が陛下だって信用しないですよ。でも、ここに一人で残るのとどっちがましだと思います？」

マテオは皇帝もあの薬煙で眠らせて担《かつ》いでくれればいいと言ったのだ。驢馬を用意したのはそのためもあった。

だけど、それはしたくなかった。

少年皇帝はますます枕をきつく抱きしめ、注意深くじっとルカを見つめている。

「陛下。僕と一緒にここから逃げた方が安全ですよ。どういったら信用してくれるのかな……」

そのときサーロが後ろからぬっと姿を現した。その巨大な黒い頭がちょうど馬車の戸口の高さにある。

小さな皇帝は枕を抱いたまま飛び上がって叫んだ。

「それは何だ！」

「その……僕の犬です」

「犬じゃない！」

「ちょっと変わってるし大きいけど、犬なんですよ」

サーロは大きな口をぱっくり開けてがなった。

「俺は犬じゃないと言っただろうが！」

「喋《しゃべ》った！」

サーロの馬鹿め、皇帝陛下が怯えるじゃないか！

馬車の奥で小さくなっている皇帝を眺める。

何といって誤魔化《ごまか》すか。大きい方のサーロを犬というのはちょっと苦しいが、皇帝といってもほんの子供だし、この世のことをなんでも知っているわけじゃないだろう。

よし。ここはペテン師ルカの腕の見せ所だ。

「あー、陛下は喋る犬をご覧になったことがないんですね？」

枕を抱えたまま、皇帝がこっくりと頷く。

「じゃあ、喋る鳥は？」

「……喋る鳥はアルカで見たぞ。とても大きくて奇麗だった」

「そうでしょうとも」

ルカはにっこり笑った。

「陛下。喋る鳥は、正直に言ってそれほど珍しくありません。でも、喋る犬は、本当にとても珍しいですよ。よっぽど賢《かしこ》くないと喋りませんからね。たぶん帝国全土でも三頭くらいしかいないでしょう。サーロくらいよく喋る犬は。サーロは本当に賢い奴なんです。それに大きいけど大人しいんですよ」

言いながら、ルカはサーロの耳の後ろを掻《か》いた。

たてがみが長いので、耳を掻くにはいきおい毛の中に手を突っ込むことになる。すべすべした毛の束《たば》を指で梳いていると、ほとんど意識しなくても瞼の裏に《光》が現れて、それが全身に行き渡るのを感じた。

少年皇帝は魅《み》せられたようにサーロの耳の裏を掻くルカをじっと見つめている。

「……それは朕が触っても大丈夫か？」

「もちろんですよ、陛下。こちらにおいでになって撫でてみませんか。たてがみなんか、ほら、こんなにふさふさです」

「おい、ルカ。勝手に……」

「別に触らせたっていいだろう？　サーロ。減るもんじゃなし」

皇帝セレスティアノス十四世は馬車の戸口ににじり寄ると、おずおずと手を伸ばしてサーロの長い鼻面《はなづら》に触れた。

「大きい！　それに温かい！」

「そうでしょう」

「額に三日月がある！　耳は三角なのだな！」

「そうです。耳の後ろを掻いてやって下さい。喜びますよ」

（そうだよな？　サーロ。いつも知らんぷりしているが、耳の後ろを掻いてる時は逃げないもんな）

「うむ。ふさふさだ……」

少年は次第に夢中になり、馬車の戸口に腰掛けて本格的に撫で始めた。サーロは当惑した顔で、それでもじっと我慢している。

「おとなしいでしょう？」

「うむ」

（ちょろいもんだ。子供は犬に弱いからな）

ひとしきりサーロを撫で回して満足したらしい皇帝は、大きく息を吐いてルカの顔を見上げた。

「……一つそなたに訊ねたい」

「なんでしょうか、陛下」

「そなたは、なぜ光っているのだ？」

「え……？」

何を言われているのか一瞬分からなかった。

「僕が光って見える……んですか？」

少年皇帝はこっくりと頷いた。

「身体の周りが金色に光っている。光輪《こうりん》のように」

そんな馬鹿な！

確かに、いまサーロに触ったお陰で自分の《光》は溢れそうに強く輝いている。だが、この光が視《み》えるのは《力》――サーロに言わせると《魔力》――の持ち主だけの筈だ。

「これが何だかご存知ですか……？　今までにそういう光を視たことはありますか？」

「知らぬ。光る人間はそなたが初めてだ」

「それじゃ、これが視えますか……？」

ルカは《触手》を呼び出した。金色に光る細い《触手》が馬車の中をくねくねと延びて行く。

蜜を湛《たた》えた壺《つぼ》のような少年の瞳が僅《わず》かに見開かれ、羽虫《はむし》を追う猫そっくりに《触手》の動きを追った。

「この金色の蛇みたいなののことか？」

少年は手を伸ばして《触手》を捕まえようとした。だが《触手》は物体をすり抜けてしまうので捕まえられずにいる。

「触れない……」

嘘じゃない。本当に視えているんだ……！　この子は『力の保持者』なのか……？

レムジーア帝国皇帝が……？　何故だ……？

ルカはサーロを振り返った。

「サーロ。この子の『匂い』が解るか？」

「撫でられているとき気付いた。あんたと同じ匂いがする。あんたよりは遥かに薄いが」

やっぱりそうか……！

意識して少年を《視》てみる。

ちらちらと淡い光が身体の表面に躍《おど》っているのが視えた。光はごく弱く、火花のように断続的に出たり消えたりしている。

「……陛下、御歳はおいくつですか」

「朕は、もうすぐ十歳になるところだ」

十歳。自分が父を亡くした歳。

そして最初に《力》が発現した歳だ。恐らくこの子は《力》に目覚めつつあるんだ。サーロに触ったことで、それが表に出てきたに違いない。

『仲間』なんだ……この子は初めて見つけた仲間なんだ！

ルカは胸の高鳴りを抑え、地面に跪《ひざまず》いた。

「……陛下。僕はルカ・フォルトナートと言います。僕が光って見えるのは、どうやら陛下と僕が同じ仲間だからですよ」

「仲間とは？」

「陛下も、たぶんこの金色の蛇みたいなものを作ることが出来るということです」

「朕が？」

「陛下には素質がおありです。やりかたは僕がお教えできます」

この子を連れに来たのはマテオに命令されたからだったが、今や自分の方に理由が出来てしまった。

「陛下。僕と一緒にダルジェントに来て頂けませんか」

少年皇帝はルカをじっと見つめ、しばらく考えていたが、やがておもむろに口を開いた。

「……朕は、そなたたちと行く」

「賢明なご判断です」

安堵の息が漏れる。これで無理強いしなくて済む。

「陛下。御身《おんみ》に触れる無礼をお許し下さい」

《触手》を《力》の型に変え、セレスティアノス帝を抱き上げて地面に降ろした。少年皇帝は眼を丸くしたが、《力》が視えているのでそれほどには驚かなかった。もしそうでなかったら、自分がひとりでに宙に浮いたように感じたに違いない。

「今のは、そなたがやったのか？」

「そうです。そのうち陛下にも出来るようになりますよ」

ルカはにっこり笑った。

(たくさん練習すればね)

さて。まずはここから崖の上の野営地に戻らなくては。

「サーロ、上まで陛下を乗せていってやってくれよ」

「なんで俺が……!」

「だって子供の足に合わせて歩いたら遅いだろう?」

◆◆◆

サーロは文句を言いながら野営地までセレスティアノス帝を乗せていってくれた。

「ちび。しっかりつかまっていろ!」

魔獣は少年を背に乗せ、飛ぶように軽々と斜面を駆け上がった。

少年皇帝はすっかり興奮して、野営地についてもサーロの首にすがりついてダルジェントまでこのまま行きたい、と言い出した。

「済みません、さすがにそれではサーロが疲れるので。驢馬に乗り換えて頂けますか」

「ああ……うむ、わかった」

セレスティアノス帝は落胆した顔をしながらもあっさり引き下がり、サーロの背を滑《すべ》り降《お》りて驢馬の鞍にまたがった。この歳の少年にしては驚くほど自制が効いている。なんだかひどく胸が痛んだ。

おそらくこの子は常に周囲の大人に合わせて生きてきたのだろう。

幼い皇帝に「子供らしさ」は不要なのだ。

この子が帝国皇帝に生まれついたことはこの子の罪じゃないんだ。自分が《力》の継承者に生まれついたのと同じように。

「……昼間は驢馬で行きますが、夜寝るときはサーロと一緒でいいですよ」

「本当？」

セレスティアノス帝は子供の顔で言った。

ダルジェントまでは野宿になる。皇帝を連れて旅籠に泊まるわけにはいかないからだ。

「一緒に寝れば温かいですよ」

「おい、ルカ、勝手に決めるな！」

「だって陛下がお風邪でも召したら困るだろう？」

（ついでに僕もだ）

「全く！　俺は行火《あんか》じゃないんだぞ」

「まあ、細かいことはいいからさ！」

最近気付いたのだ。文句は言っても頼んだことはやってくれるのがサーロだということに。

案《あん》の定《じょう》、サーロは結局は折れてくるりと丸まった腹の脇にセレスティアノスを抱え込んで寝た。少年皇帝がこれ以上ないほど幸せそうな顔で眠りにつくと、いつのまにかふさふさとした長い尻尾がその身体の上に掛けられていた。

二日目の夜、焚き火で蜜漬け肉を炙り、二人と一匹で食べながら、ルカは皇帝に彼の持っている《力》について話をした。

《力》は生まれつきのものであること。悪魔とは関係なく、使い方次第で良くも悪くもなるということ。先祖伝来の《術》によって制御することができること。

そして大事なことは、彼が大人になるに従ってだんだん《力》は大きくなるだろうということ。

「そのとき、使いこなせないと大変なんですよ。自分や、周囲の人を傷つけるかもしれない」

それに、他人に見られて教会に通報されるかもしれない。皇帝なら大丈夫かもしれないけれど……。

「朕はなぜその《力》を持っているのだ？」

「この力は親から子に伝わるんです。父君か母君が持っていたかどうか分かりませんか？」

「分からない。どちらも朕が赤子の頃に身罷《みまか》った」

「お気の毒です」

父方か母方のどちらから伝わったのか分かればいいのだが。

もし父方から伝わったのだとすると、レムジーア皇帝の血筋は《力》の保持者だったということになる。

奇妙だ。だったらなぜ、魔術を禁止したのだろう。セレスティアノス帝には母方から伝わったのかもしれないが……。

「そなたはやり方を教えると言った。いつ教えるのだ」

「そうですねえ。本当は、陛下がもう少し大きくなってから始めた方がいいんですが」

十のとき、自分の《力》はまだぜんぜん未発達だった。かすかな《力》の兆《きざ》しが現れ始めただけだ。父は十三になったら訓練を始めるつもりだったのだ。

でも、それでは遅すぎた。

「陛下はもう視えるようになっているので、簡単なことなら出来るかもしれません」

サーロのたてがみを撫でているセレスティアノスを視ながら言った。その肌の周りで淡い光がぱちぱちと躍《おど》っている。

「基本をお教えします。目を閉じて、自分の頭の中をよく視て下さい。どこかに《力》の湧《わ》き口《ぐち》があるはずです。それを見つけて、《力》を呼び出してください……」

少年はひどくきまじめな表情で瞼を閉じた。

そして再び目を開けたとき、ルカはその蜜色の瞳の色あいが微妙に変わっているのに気付いた。光を反射したように僅かに明るく見える。

《光》だ……もう《光》が目の中に来ているんだ！

自分の場合は、緑の眼が金色に変わるので一目瞭然《いちもくりょうぜん》だ。

だが蜜色の瞳は、金色に光っても目立たない。他人に気付かれる危険は他の色の瞳の場合より遥かに少ないのではないだろうか。

「そのまま、《光》の筋を思い描いて下さい」

「……こうか？」

上向けた小さな手の平から、小さな細い光の筋が立ち上がり、うねるようにゆっくりと空中を進む。

「あっ……できた！」

少年が嬉しそうに叫んだ瞬間、小さな《触手》はぱちんと弾《はじ》けるように消えた。

「ああ……だめだ」

少年の身体の周りの淡い輝きはもう消えている。今ので精いっぱいだったのだろう。

「初めてにしては、とてもお上手でしたよ」

「そうか？」

「僕が陛下の歳だったときよりずっとお上手です」

それは本当だ。でもたぶん、この歳でやれたのはサーロの増幅《ぞうふく》作用があったからだろう。

「さあ、今夜はもう寝《やす》みましょう。明日はダルジェントまで行きますから」

「うん」

少年は草臥《くたび》れたふうに魔獣サーロに寄り掛かった。

サーロは迷惑そうな顔をしながらも、ピンクの舌で少年の顔をそっと舐《な》めた。


翌日、ルカと皇帝と魔獣サーロはダルジェントの美しい市街が一望できる丘の上に着いた。

豪壮《ごうそう》なカヴァリエリ宮の外観もはっきりと見える。

本当に皇帝をあそこに連れて行っていいのか、という思いが頭を過《よぎ》った。だが、そうするしかない。

マテオは自分の命運を握っている。

皮肉な話だ。あそこから出て行くためにこの仕事を引き受けたのに。セレスティアノス帝の側にいるためにはカヴァリエリ宮に留《とど》まるしかない。

「陛下。あれがカヴァリエリ宮です。あそこにお連れします」

「うむ」

「では、その前に特別な《術》をお見せしましょう」

サーロに目をやる。ここから先は、魔獣の姿では拙《まず》い。

「サーロ。姿を変えるぞ」

「ああ」

ルカは魔獣の横腹に手を当て、《力》を呼び出した。《探索》の型で魔獣の内側にある別の姿を探す。

みつかった。黒くて小さな――。

その姿に《力》を巻き付け、慎重に引っ張り出す。

「おい……？　待てよ、ルカ……間違うな、そっちじゃない！」

「静かに、サーロ」

「止《や》めろ……！　止めるんだ！　俺は犬には戻らな……」

魔獣サーロの叫び声は、途中からバウバウという声に変わった。

巨大な魔獣の姿がくるりとひっくり返るように小さな黒い影の中に畳《たた》み込《こ》まれ、入れ替わりに黒犬のサーロの姿が現れる。

少年皇帝は目を丸くした。

「小さくなった！」

「僕の犬だと言ったでしょう？　こいつは、大きくも小さくもなれるんです」

（人間にもね）

小さな黒犬の姿になったサーロは抗議するように甲高《かんだか》く吠《ほ》えながらルカの足元をくるくる走り回った。

「元に戻せっていうのか？　だめに決まってるだろ」

「バウ！　バウバウバウ！」

抗議を無視して両手で抱き上げた。腕の中で魚のように身をくねらせているサーロの首周りの厚い毛に指を入れて撫でる。ふさふさですべすべだ。

「なんと……！　なんとかわいいのだ……！」

「抱いてみますか？」

「うん！」

細い腕にサーロを押し付けると、セレスティアノス帝はほとんど普通の子供のような表情で血色の悪い頬を輝かせた。

「首周りを掻いてやると喜びますよ」

（そうだろ？　サーロ）

少年がおずおずと首周りの長い毛を掻く。サーロは観念したのかおとなしくなった。

「三日月は同じなのだな……」

「そうです。姿が変わっても本質は変わらないんですよ」

バウバウ！　とサーロが吠える。

皇帝陛下はちょっとがっかりしたようだった。

「喋らなくなった……」

「小さくなったときは喋らないんですよ。あとでこいつの別の姿をお見せしましょう」

「まだ他の姿があるのか？」

「ええ、そうです。そっちはあまり可愛くはありませんけどね」

「ならば、このままでいい」

少年皇帝は小犬のサーロをぎゅっと抱きしめ、キスした。真ん丸な琥珀色の眼が恨《うら》めしげにこちらを見あげている。

「我慢しろよ、あとで戻してやるから。この方がベアトリーチェが喜ぶだろう？」

◆◆◆

帝都レムジーア、第一教区。

書き物をしていた枢機卿《すうきけい》は執務室の扉を敲《たた》く音に気づいた。

扉を開けるまでもなく敲き方で誰だか解る。

「入れ」

腹心《ふくしん》の部下リッピ司教が足早に入ってきた。

「猊下《げいか》。申し上げます。クネゴ摂政《せっしょう》の例の計画は失敗したようです」

「ほう。コラーラの兵は優秀なのだな」

「いえ、そうではないのです。横から邪魔が入ったのです。現在例のものはダルジェント共和国に滞在しているとのことです」

「ダルジェントか。あそこは自国軍を持っていないはずだが。どの傭兵隊《ようへいたい》を使ったのだろうな」

「それが奇妙な話でして……」

リッピ司教は話しだした。

コラーラ公国の警備兵とクネゴ摂政の雇《やと》った傭兵団は谷あいの街道で戦端を開いた途端に両者とも煙で眠らされ、その間にセレスティアノス帝は奪われたのだという。しかも御丁寧なことに眠っている間に両軍とも武装解除されていた。

「重傷で生き残ったコラーラ兵の一人は覆面をした若い男に傷の手当てをされたと言っています。この兵は他にも奇妙なものを目撃したと証言しているのですが」

「なんだね」

「怪物です。覆面の男が連れていたそうです。狼と獅子と熊が混じったような怪物だったとか……しかし、傷と薬煙で朦朧《もうろう》としていたはずですので、信憑性《しんぴょうせい》は疑わしいかと」

「狼と獅子と熊……？」

「全体に黒くて、頭は狼に似ていたそうです。単に珍しい種類の大型犬だったのかもしれません。とにかく熊くらいの大きさがあったということです」

「……そのコラーラ兵の身柄は押さえておくように。あとで私が尋問《じんもん》する」

「は。畏《かしこ》まりました」

リッピ司教が退出すると、枢機卿は無意識のうちに顔の傷跡に手を触れた。考え事をするときの癖なのだ。

「狼と獅子と熊か……」

ゆがんだ唇から笑いが込み上げてくる。

面白くなりそうだ。

壁面《へきめん》を埋《う》める書架《しょか》から数冊の書物を選び、正しい順序で抜き差しする。内蔵されたからくりが作動し、書架はごろごろと音を立てて左右に開いて行く。その後ろから現れたのは地獄への入り口のように地下へと続く通路だった。

数年前、ここに赴任《ふにん》した際に偶然みつけたのだ。この地下通路を知る者は他にいない。

枢機卿はカンテラに火を灯し、彼だけの秘密の場所へと降りていった。

魔術師と獣の王

夜の闇の中に、あかあかと明るい光が輝いている。

焚《た》き火《び》だ。街道沿いの林で、人間が枯れ枝を集めて燃やしているのだ。暖炉《だんろ》の暖かさが思い起こされた。火は、良いものだ。焚き火、暖炉、竈《かまど》の炎。

だが、気になるのは焚き火の炎だけではなかった。

《魔術》の匂いだ。

緊張で背中の毛が逆立《さかだ》ち、尻尾《しっぽ》がきりりと巻き上がる。

間違いようがない。魔術の放つ《光》の匂いが林の木々を通して輝いている。それは眼で見るようにはっきりと感じられた。

これほど強い《魔術》の匂いを感じたことはなかった。《魔術》を遣う者がすぐそばにいる。長い間探し求めていた答えを与えてくれるかもしれない者が。

藪《やぶ》に隠れて様子を窺《うかが》う。

焚き火の傍《かたわ》らにいるのは、旅装束《たびしょうぞく》の若い人間の男だった。

男は全身に金色の光を纏《まと》っているように見えた。《魔術》の光だ。

光のようでもあり、匂いのようでもあるそれが怒濤《どとう》となって押し寄せ、頭がくらくらする。

(こいつは気付くに違いない。俺がただの小さな犬でないことを)

自分は、獣の王だ。

形《なり》こそ小さいが、王なのだ。他の獣は、みな畏《おそ》れて道を譲る。

(本当の俺は、もっと大きいのだ……)

獣の王である筈《はず》の自分が、何故この小さい姿で生きているのかは分からない。昔の記憶がないからだ。だが魔術師ならば、その答えを知っているかもしれない。

身体を低くし、すぐに逃げられる体勢で用心深く焚き火に近づく。

敵か？　味方か？　攻撃してくるだろうか？　いや、まずは探りをいれてくるだろう。気を引き締めて掛からねば。

男が不意に顔をあげてこちらを見た。

燃えるような若葉の色の眼に、まっすぐ射貫《いぬ》かれる。

物凄《ものすご》い魔力だ。脚が震えた。敵に回したら恐ろしい相手だろう。

(やる気か？　この野郎……！　俺は……俺は、本当は獣の王なんだぞ……！)

「……欲しいのか？　わん公」

男の手の中には、削《けず》りかけのチーズの塊《かたまり》がある。

(違う！　そうじゃない……！)

もちろん、腹は減っている。チーズの強い匂いは魅惑的だ。

だが違う。違うのだ。今はそういう時ではない。俺の求めるものは——！

「ほらよ」

チーズの皮が弧《こ》を描いて宙を飛んだ。

反射的にぱくりと銜《くわ》える。チーズの濃厚《のうこう》な匂いが口いっぱいに広がり、気がついたときには夢中で噛《か》み砕《くだ》いていた。

「腹へってんじゃないか」

（違う。違う。違うんだ――――！）

思わず地団駄を踏む。そうじゃない。そうじゃない！

獣の王と魔術師が対峙《たいじ》しているんだぞ。もっと、こう、何か劇的な展開になってしかるべきだ。

だが、チーズは次々に飛んでくる。飛んでくるチーズを無視するなんて不可能だ。

受け止める。噛む。呑み込む。受け止める。噛む。呑み下す。

チーズはしみじみと旨《うま》い。思えばここしばらく何も喰っていなかった。

男はこどものような顔で笑った。

「わん公。こっちに来いよ」

これは、罠《わな》かもしれない。食い物で油断させようと――。

ぐう、という音がした。何だ？　何の音だ……？　耳をピンとそばだてる。

鼾《いびき》……？

明らかに、鼾だ。男は木にもたれ、鼾をかいている。

寝てしまった……？　この獣の王たる俺様を目前にして……？

もしも魔術師と遭遇したらどうなるか、繰り返し想像してきた。だが、こんなのはなかった。チーズを投げつけたあげくに寝てしまうとは。いや、油断させようとしているのかも……。

鼾に続いて、安らかな規則正しい寝息が聴こえてくる。男はもう夢の中だ。

獣の王は、硬直したまま男の寝顔を凝視した。

一体どうしろと……いうのだ……？

◆◆◆

男は、ルカという名だった。それが分かったのは、自分で名乗ったからだ。

「よろしくな、わん公。僕はルカ」

いやしくも魔術師たる者がそう軽々しく名乗っていいものなのか……？　しかし、ルカは気にしないらしい。目の前の獣の王を、普通の犬だと思っているのだ。

（こいつは、なぜ俺が獣の王だと気付かないのだ……）

ルカは魔術師だ。それは間違いない。ありあまるほど魔力を持っている。にもかかわらず、魔術を使おうとしない。だから目の前に獣の王がいてもそれと気付かないのだ。

肉球がすり減るほど何年も放浪してようやく見付けた魔術師が、こんな使えない奴だとは。

それでも、こいつについていくことに決めた。

使えない奴だとはいえ、いままで視《み》た事がないほどの魔力の持ち主だ。そのうちに拾った黒犬が見た目通りの犬ではないことに気付くときが来るかもしれない。自分を《本当の姿》にすることも出来るかもしれない。それまで我慢するしかない。

男《ルカ》は獣の王に勝手に名前をつけた。サーロという名だ。

獣の王にしてはあまりにも威厳《いげん》がない。まるでそこらの犬みたいに聴こえるじゃないか。

抗議の意味を込めて鼻を鳴らしたが、ルカは気にするそぶりも見せなかった。本当にただの小犬だと思っているらしく、何かというと撫でたり触ったりしたがる。

「ほーら、よしよし。いいこだなー、サーロ」

(何がいいこ、だ！　俺は小犬じゃない……！　俺は本当は獣の王なんだぞ……！)

しかし悲しいかな、今はちっぽけな小犬なのが現実だった。抵抗空《むな》しく抱き上げられ、撫で回されてしまう。じたばたともがいてルカの腕から逃げ出し、フン、と鼻を鳴らす。

「なあ、サーロ。犬だったらさ、呼んだら来るとか、尻尾を振るとか、飼い主の手を舐《な》めたりとか、すべきことがあるだろ？」

(犬じゃないからだ！　なんで気付かないんだ！)

人間の言葉は理解出来る。覚えている限り昔からだ。だが、犬の咽頭《いんとう》では人間の言葉を声に出してしゃべることはできない。話せないもどかしさに歯噛みするだけだ。

ルカはそんなサーロの心中など知らぬげだ。埃《ほこり》っぽい街道を往《ゆ》くみちみち、暢気《のんき》に話しかけてくる。あまつさえ、阿呆面《あほづら》で犬の鳴き真似をしてみせたりするのだ。

「たまには吠《ほ》えてみろよ。ほら、わん！　わん！」

馬鹿馬鹿しい。しかも、ちっとも似ていない。

俺様は犬っころじゃないんだ。獣の王が、軽々しくわんわん吠えたりするものか。

「あっ、見ろよ、サーロ。金がありそうな村じゃないか？　きっといい商売になるよ」

（またか）

ルカの『商売』というのはペテンだ。

自分で作ったいんちき薬を《万能薬》と称して高い値段で売りつけるのだ。そんなことをしなくても魔術を使えば欲しいものなんか何でも手に入れられるだろうに、ルカは魔術を使わずつまらないペテンで稼《かせ》いでいる。

こいつを見ていると苛々《いらいら》する。あれほどの魔力を持ちながら、なんで使わないのだ……？

サーロの苛立ちをよそに、ルカは村の広場のオリーブの木の下で『商売』を始めた。

「みなさん。今日は一般には知られていない特別な薬をおわけしようと……。何の薬かって？　それがなんと、何にでも効く万能薬なんですよ！」

次第に人だかりができてくる。

サーロは木陰のひんやりした地面に腹をつけて寝そべり、木の下に集まってくる人間たちを観察した。男、女、老人、こども。女たちの何人かは話はそっちのけでルカの顔ばかり見ていた。女に好かれる甘ったるい顔をしているからだ。

「あっちの方には効くんかい、学生さん」

「そっ、それはもう！」

男たちがどっと笑う。人間の男は嫌いだ。

サーロの最初の主《あるじ》は、人間の男だった。

それだけは覚えている。石の床の上に敷かれた毛皮がサーロの寝床だった。暖炉には赤々と火が燃えていた。暖かかったし、食い物も豊富だった。

そして強い魔術の匂いがあった。ルカと同じ匂いだ。

だが、ある日気がついたら知らない場所にいた。どこかの川べりだ。身体の半分が水に浸《つ》かっており、ずぶ濡れで、全身が痛かった。川に落ちて流されたのかもしれない。重い身体をひきずるように川から上がり、覚えのある匂いを探したが、どこにも見つからなかった。

それ以来、あちこち放浪しながら主を捜し続けている。魔術の匂いを感じることもあったが、それは主とは比べ物にならないほど薄いものだった。

始めの頃は人間の男を見ると無差別についていこうとしていた。主かもしれないからだ。だが、それはうまくなかった。蹴《け》っ飛《と》ばされたり、石を投げられたりした。

そのうちに学習した。人間には、二種類いる。犬を蹴飛ばす奴と、甘い声を出して撫でたり食い物をくれたりする奴。

たいていの場合、人間の女やこどもは人間の男より犬に甘い。こどもは、やたらと撫でたがる。食い物をくれることもあるが、たいしたものは貰《もら》えず撫でられ損なことが多い。その点、女がくれる食い物はいい。スープをとった骨やスジ肉をくれるのはたいてい女だった。

腹ばいのまま左右にゆっくり尻尾を揺らし、人間たちを眺める。

どいつが食い物をくれそうか。用心しなければならない犬嫌いはどいつか。

小犬の姿で放浪するうちにそういうことがよく判るようになった。

あの偏屈《へんくつ》そうな白髪の老人、あいつは犬嫌いだ。動作の端々に敵意を感じる。近寄らないようにしなければ。あっちの髭《ひげ》の男は犬好きで、家で三頭ほど飼っている。赤毛の肥《こ》えた女は、俺様を撫でたくてたまらない。他にもあと二、三人、籠絡《ろうらく》できそうな犬好きがいる。ちょっと尻尾を振って手でも舐めれば、肉のついた骨か、うまくすれば大きな肉切れをせしめられるかもしれない。

この村には何頭か牧羊犬《ぼくようけん》がいるが、それは問題ない。どれほど大きな犬も、サーロをみればたちまち尻尾を後肢《あとあし》の間に挟んで服従の態度を示す。犬どもにはサーロが獣の王だと分かるのだ。

(なのに、なんでルカには分からんのだ……? まったく腹立たしい!)

ルカの偽薬売りは佳境に入っていた。

「本当に、何にでも効くんですよ! 疲労倦怠《けんたい》、頭痛、発熱、虚脱感《きょだつかん》、腹痛、神経痛、胃のむかつき、蕁麻疹《じんましん》に貧血……歯痛にも!」

毎回同じだから聞き飽きた。馬鹿な人間どもはルカの口上《こうじょう》に聞き入っている。

いったい何だって獣の王がこんなつまらない商売に付きあわなければならんのだろう……。

ふて寝でもしてやろうかと瞼《まぶた》を閉じかけたとき、なんとなく気になる音を耳が捉《とら》えた。

耳をくるりと動かして音のする方向に向ける。

泣き声だ。人間のこどもの。

それだけなら珍しくもないが、聴こえてくる方角が奇妙だった。村の外の森の方から聴こえてくる。

森に人間のこどもがいるというのは、変だ。

人間のこどもという奴は、他の生き物と比べて呆れるくらいひ弱い。足は遅く、鼻は鈍《にぶ》く、爪《つめ》も牙《きば》もない。とにかく鈍《どん》くさいのだ。森の中では格好《かっこう》の餌食《えじき》だろう。人間たちを見回した。誰一人として聴こえてくる泣き声に気付いている様子はない。人間は大人になっても耳も鼻も鈍いのだ。

人間のこどもがどうなろうと、知ったことではない。だが、この村のこどもに何かあったら、騒ぎになってルカの商売どころではなくなるだろう。流れ者のルカの所為《せい》にされるかもしれない。

視線をあげて、ルカの注意を喚起《かんき》する。

(ルカ、森で人間のこどもが泣いてるぞ)

「この何にでも効く万能薬が、二十粒《つぶ》一袋で一リラです！　今なら一粒余計にお付けして……」

(おい、ルカ！)

バウ！　バウ！

頭の中でどう思っても、声に出るのは犬の吠え声だ。

「サーロ、いま大事な仕事中なんだ。ちょっと静かにしていてくれないか？」

(だから！　その商売がおじゃんになるかもしれないんだぞ！)

バウ！　バウバウバウ！

「あー、すみません！　皆さん。僕の犬がお騒がせして……こら、サーロ、静かに！」

聴衆《ちょうしゅう》の間に温《ぬる》い笑いの波が広がる。

(おい！　笑ってる場合か？　おまえらの群れのこどもが森で迷子になってるんだぞ！)

「バウバウバウバウ！」

「サーロ、大人しくしろったら！　もう、困ったなー。どうしちゃったんだろう？　いつもはおとなしい犬なんですけど……」

（言いたいことがあるからに決まってるだろ！　なんで気付かないんだ！　馬鹿ルカめ！）

バウバウと吠えながらルカの周りを走り回る。それから森の方へ数歩駆け出し、足を止め、くるりと振り返ってルカの目をまっすぐに見上げた。

バウ！　（俺に付いてこい！）

ルカが客たちから視線を戻し、じっとこちらを見下ろす。

「……分かったよ、サーロ」

（やっと理解したか！）

ルカは大きくため息を吐いて言った。

「退屈してるんだな」

（ちがーう！　違うんだ――――！）

ルカのあまりの鈍さに眩暈《めまい》すら感じる。

言葉が通じなくたって、これくらい身振りで分かりそうなもんじゃないか……？

注意を引こうと後ろ脚で立ち上がり、前脚でルカの脚をひっかく。

「あーもう。こらこら。甘えちゃって……」

（違うというに！）

抗議の声をあげた瞬間、ルカに抱き上げられた。そのままあの赤毛の女の腕の中に押し込まれる。

「すみません、寂しがってるのでちょっと抱いててやって貰《もら》えますか?」

「もちろんですよ、学生さん。ああ、なんて可愛いわんちゃん!」

(誰が寂しがってる、だ! 俺はちび犬じゃない……!)

女はサーロを胸の谷間に抱き、耳や腹や顎《あご》を撫で回した。

まったく堪《たま》ったもんじゃない。身をくねらせて女の腕から抜け出し、ぽんと地面に飛び降りた。

「ああん、わんちゃん、逃げないでおくれよぉ……」

(何がわんちゃん、だ! もう、おまえらなんぞあてにしないからな!)

素早く聴衆の足元を走り抜け、泣き声のする方に向かう。足が短くたって、そこらの人間よりはずっと速く走れるのだ。

村境を越え、村を囲む森に踏み込んだ。泣き声が聴こえたのはこの森からだった。

森の木は大きく枝を広げ、地面には斑《まだら》に薄日が射している。こういう森で人間たちは茸《きのこ》や木苺《きいちご》を採《と》り、燃料にする枝を拾い、秋には豚を追い込んで豊富に実るどんぐりを食わせるのだ。

鼻先を風上に向け、注意深く空気の匂いを嗅《か》ぐ。森の住人たちの匂いが流れてくる。リス、鼠《ねずみ》、狐《きつね》、野兎《のうさぎ》、猪《いのしし》、アナグマ、イタチ、山猫――なんと熊の匂いまである。

(熊か……直接闘ったことはないが、まあ、俺の敵ではない。俺様は獣の王なんだからな)

風に乗って人間のこどもの匂いがしてきた。ちょっと甘くてちょっとしょっぱい匂いだ。

(こっちか!)

苔《こけ》むした倒木《とうぼく》を勢い良く飛び越え、落ち葉のたまったくぼ地に着地する。

いた！

くぼ地の真ん中に、小さな人間のこどもがべそべそと泣きながら座り込んでいた。

大人と比べると、かなり小さい。人間は他の生き物に比べてひどく育ちが遅いから、これでも生まれて四、五年くらいだろう。

おい、こども！　泣くんじゃない！　こっちを見ろ！

「バウバウバウ！」

こどもはしゃくりあげ、瞼をこすり、それから目を真ん丸にしてサーロを見つめた。

「……わんわん？」

「バウ！」

（よし。俺様が来たからにはもう大丈夫だからな）

「わんわん！」

（いや、待て、俺はわんわんじゃない……）

泣いていたこどもは起《た》ち上《あ》がり、よちよちと駆け寄ってきた。そしていきなり抱き上げた。

この俺様を。

小さいとは言っても相手は人間だ。つまり、けっこう大きいのだ。サーロを両腕で抱きかかえられるくらいには大きい。

「わんわん！　わんわん！」

こどもはサーロを抱えたまま耳を聾《ろう》せんばかりの声で泣きわめいた。

「ジーノはね、ひとりでさみしかったの……わんわんがきてくれたから、ジーノもう大丈夫……」

（おう！　安心しろ。俺様は獣の王だからな。俺がついていれば怖いものなんかあるものか）

「わんわんもさみしかったの……？」

「バウ！」

（俺は寂しくなんかあるものか。俺様は獣の王なんだからな）

「ぎゅっ、してあげるね……」

涙に濡れた顔がぐりぐり擦《こす》り付《つ》けられ、ぎゅうっ、と強く抱きしめられる。

細っこい腕が罠《わな》みたいに胴《どう》にくいこむ。

く、苦しい……！　はなせ！　はなせったら！　俺様は小犬じゃないんだぞ！

魚のように身をくねらせ、ようやくこどもの腕から逃げ出した。

「わんわん、にげちゃいやだ……」

（だったら少しは加減しろ！）

まだ身体中がみしみしと痛む。全く、こどもというのは手加減を知らないから困る。

こどもは再びべそべそと泣きだした。

（泣くな、こら！　泣くんじゃない！）

仕方なく、顔を舐めて宥《なだ》める。これはたいていの場合有効だ。ひとしきり舐めているとこどもは泣き止《や》み、すんすん鼻を鳴らしながら言った。

「わんわん、ジーノおうちに帰りたい……」

（心配するな、こども！　俺についてこい！）

倒木を飛び越え、振り向き、数歩歩いてみせ、立ち止まってまた振り向く。

「わんわん、おうちがわかるの……？」

バウ！　（おう！）

ほら見ろ。こんな小さなこどもにだってこの身振りは分かる。なのに、なんでルカには分からないんだ？

（よし。いくぞ！）

歩き出すと、こどもはちたちたと後ろについてきた。このまま来たときの臭跡《しゅうせき》を辿《たど》ればいい。が、順調に進み始めたのも束《つか》の間、また泣きそうな声がした。

「まって……！　わんわん！　とおれないよう！」

振り向くと、こどもが藪に引っかかっていた。サーロが潜《くぐ》った藪の枝が潜れないらしい。人間のこどもは中途半端に大きいのだ。そのうえ、跳んだり登ったりも苦手ときている。少し進んだかと思うと、こどもが登れなかったり、潜り抜けられなかったりする場所にぶつかった。そのたびにいちいち迂回《うかい》する羽目になる。

何度かそうやって迂回しているうちに、臭跡が途切れて分からなくなった。

（ええと……どっちだ？）

藪を大回りして来たときと違う道筋を通ったため、臭跡を見失ってしまったらしい。続きがどこだか分からなくなったのだ。

地面に鼻を近づけ、くんくんと嗅ぎながら辺りを歩き回る。が、やはり臭跡は見つからない。急いでいたのでみちみちマーキングしないで来てしまったのが失敗だったか。

「わんわん……？　どうしたの……？」

（うッ……ちょっと待て！）

拙《まず》いな……ここは初めての土地だしな……。

こどもは強い不安の匂いを発していた。再び泣き出しそうになっている。

「わんわん……」

「バウ！」（泣くな！）

来た時の道筋など気にすることはない。人間の村の気配のする方へ行けばいいのだ。

人間の村には独特の匂いがある。煮炊《にた》きした食べ物や灰、鉄気《てつき》、家畜、肥《こ》やし、塵芥《じんかい》、皮革、そして人間たちの匂い。サーロは鼻を高くあげて風の匂いを嗅いだ。

（匂うぞ……人間の村の匂いだ。もう目と鼻の先じゃないか。いくぞ、こども！）

方角を見定めて歩き出したとき、不意に風の向きが変わった。鼻が気になる匂いを捉える。

頭の中に警戒の鐘《かね》が鳴り響いた。これは……熊の匂いだ……！

「バウ！　バウバウ！」

（おい、こども！　逃げろ！　熊だ！）

「わんわん、どうしたの……？」

「バウバウバウ！」

獣の王としては、熊なんぞ怖くはない。だが、人間のこどもが一緒にいるとなったら別だ。こどもを守りながら闘うのは難しい。

（行け！　走れ！　村はあっちだ！）

牙を剝《む》き出《だ》し、追い立てるように激しく吠えかかる。

「バウバウバウバウバウ！」

こどもはびっくりした顔で走りだした。いらいらするほど遅いが、それでも村の方向に向かっている。この距離ならほどなく着くだろう。

（よし、行ったな……。俺はここで熊を迎え撃つ）

森がざわついた。鳥が一斉に飛び立ち、小さな生き物たちは木の洞《うろ》や地面の巣穴に身を潜《ひそ》める。

来る……！

次の瞬間、野いばらの茂みを揺らして熊がその巨体を現した。

でかい……！　熊は、まるで毛皮と筋肉で出来た山だった。熊が大きいのは知っていたが、これほどまでとは思わなかった。

自分は獣の王だ……それは間違いない。だが、実際に闘ったらどれくらい強いのかは試したことがなかった。ほとんどの獣はサーロが獣の王であることを察して闘う前に逃げるからだ。

『本当の俺』と熊。どちらが大きいのか。どちらが強いのか……？

熊はすぐには向かってこなかった。黒い小さな眼で不思議そうにこちらを見つめている。

この熊は獣の王の気配を感じてやってきたに違いない。にもかかわらず、眼にしているものがあまりに小さいので戸惑っているのだ。

（お、おう！　やる気か……この野郎！　俺は獣の王なんだからな……！）

耳を伏せ、四肢《しし》を踏ん張り、歯を剝き出して熊を睨みつける。

そのまま正面から睨みあう。熊は身動きしない。こちらの力量をはかっているのだろう。

ウォフッ。熊が声を上げる。その口はさながら巨大な洞穴《どうけつ》のようだった。そこに並ぶ牙はそれぞれ短剣ほどの長さがあった。

脚が震える。いや、違う。これは武者震いだ……！

（俺は……俺は……獣の王………）

ヴォォォォフッ！

褐色《かっしょく》の毛並みにさざ波が走り、肩の筋肉がむきむきと小山のように盛り上がる。

（来る……！）

山が雪崩《なだ》れるように熊が奔《はし》り出《だ》したその瞬間。

背後から風に乗って強い魔術の匂いが流れてきた。光のようでもあり、匂いのようでもあるそれが幾重《いくえ》にも重なり合い、黄金に光り輝く。

ルカだ……ルカが近くに来ている……！

突然、熊は足を止めた。鼻をひくひくさせ、不安な面持《おもも》ちで空気の匂いを嗅いでいる。木立《こだち》の向こうから、暢気に自分を呼ぶルカの声が聞こえてきた。

「サーロ、サーロ！　どこだい？　いたら出ておいでー」

熊はウォフッ、と一声吐き出すように吠え、くるりと身を翻《ひるがえ》した。そのまま薮をかき分け、森の奥へと逃げ去って行く。

踏ん張っていた脚から力が抜け、へたりこみそうになる。

（か……勝った……熊もしょせん俺様の敵ではなかったか……）

野獣は無駄な戦いはしない。負けると思えば退散する賢さを持っているのだ。

灌木《かんぼく》の茂みが揺れる。太陽が雲から顔を出すように茂みの中からひょっこりとルカが現れた。

「サーロ！　探したよ、こんなところにいたのか」

ルカ……俺を探しに来たのか……。

熊が逃げたのはルカが来たからかもしれない、と思った。

獣というのは魔法など知らないが、魔力は感じ取るらしい。だから連中は見た目が小さな犬でもサーロを恐れることを知っている。恐らく自分と熊は、一対一では力が拮抗《きっこう》していた。その熊が気配を感じて逃げ出したのだ。やはりルカは相当な魔力の持ち主に違いない。

だが、当のルカは熊がいたことなど全く知らぬげだ。

「サーロ。子供が泣きながら走ってきたけど、おまえが泣かせたのか？」

なんという言いがかりだ！

「バウウウ！」

（俺は助けたんだぞ！　あんたが暢気に商売してる間、こっちは大変だったんだからな！）

「まあ、いいか。おまえが見つかったんだし……さっきの赤毛のおかみさん、たくさん買ってくれたんだ。おまえのお陰だよ」

ルカはさも嬉しそうに笑い、素早く屈《かが》みこんで腕を差しのべた。あっ、と思ったときにはもう遅く、その二つの手にたかだかと抱き上げられていた。

「よしよし。いいこだなー、サーロ」

(おい、よせ、やめろ、俺はちび犬じゃない……! 俺が『本当の俺』になったときにはあんたは腰を抜かすに違いないんだからな!)

温かい手が腹や耳の後ろや首周り――それに尻尾の上を撫でたり掻いたりする。

なんという無礼千万《せんばん》……! 熊も一目《いちもく》置く獣の王に対して礼を失するにもほどがある。

だが、お構いなしにルカは抱きしめ、撫で続けていた。

「おまえがいなくなったあと、村の近くで山猫が出るって聞いてさ……おまえは遊びに行って山猫にやられちゃったんじゃないかと……」

(失敬な! 山猫なんぞにやられるか! 俺は熊と闘ったんだ! 熊は逃げた!)

「本当によかったよ……おまえが無事で……」

(気安く撫でるんじゃない、俺は獣の王なんだぞ!)

「なあ、サーロ。知ってたかい? 野宿してたとき、おまえがついてきてくれて僕はすごく嬉しかったんだ……」

知るか。そんなこと。だいたいよく考えてみれば、チーズの中身は自分で食って外の硬い皮ばかり投げやがったじゃないか。

「僕はおまえがいないとやっていけないよ。山道だって、おまえがいるといないじゃ大違いだ」

（撫でるなって言ってるだろ！　俺は獣の王なんだからな……）

耳の毛に微《かす》かな息遣いを感じる。

毛皮を通して感じる、人の手の温《ぬく》もり。

（俺は……獣の……王……）

「おまえが大好きだよ、サーロ」

ルカはそう言うと、首周りの毛に顔をうずめ、すりすりと頬ずりした。

ぎゅっと抱きしめる腕。

腹の底から何か温かなものが湧《わ》いてきて全身をゆっくり巡っていく。

くそう……馬鹿ルカめ……。

サーロは身もがきして地面に飛び降り、フン、と鼻を鳴らした。

全く。ルカときたらペテン師としても魔術師としてもぜんぜん駄目だ。なってない。

仕方がないからこの獣の王たる俺様がついていてやるか。

こいつは、俺がいないと駄目だからな。

あとがき

はじめましてのかた、こんにちは！　かねてよりご贔屓《ひいき》くださっているかた、毎度ありがとうございます。

縞田《しまだ》理理《りり》と申します。この物語を書きました者でございます。

本作『ペテン師ルカと黒き魔犬』は異世界ファンタジーです。本当は魔術師なルカと、ちび犬サーロが出会っていろいろあって……というお話です。

基本的に犬好きのかたにオススメできる内容になっているかと。

美形好き、美女好きのかたにもオススメできます。魔法と陰謀とバトルもそれぞれ少しずつ。

ルカはちょっとどじっ子ですが、本当はデキる子です。

サーロは、犬です。本人は犬じゃない！　と主張していますけども……。

今まで新書館さんから刊行された私の本は現代英国か、英国ベースの異世界を舞台にすることが多かったのですが、本作では初めてイタリア風の異世界に挑戦しました。ルネサンス期頃のイタリアをベースにした異世界です。ローマの代わりにレムジーアという帝国が存在します。

(ちなみにパスタはありますが、まだ国民食ではありません)

本作に素晴らしい表紙とイラストを描いて下さったのは、まち先生です。まち先生からキャララフが届いたとき、担当さんと電話で盛り上がりました。

「このたてがみ！」「目、切れ長！」「尻尾《しっぽ》ふさふさ！」「すらっとしたイケメンですよねー」なんだか話が噛《か》みあわないと思ったら、私は魔獣萌《も》えで、担当さんは人間キャラ萌えだったという次第……。そっちですか！　と大笑い。

小さい方のサーロのキャライメージは「黒いスピッツ犬風で」とお願いしました。

ちびサーロのキャララフには、もう萌え転がりましたとも……！

うおう！　可愛い〰〰ごろんごろん！

そしてルカは『天の御使《みつか》いのような』という表現なのですが、まさにその通りの美青年に描いていただきました！　まち先生、ありがとうございます〰〰！

巻末短編『魔術師と獣の王』はちび犬のサーロ視点です。小さいサーロ、オレサマです。

ルカとサーロの物語は下巻に続きます。八月十日発売の季刊小説ウィングス誌にこの続き分が掲載されますので、続きが気になる方はそちらもチェックしてみて下さい。

それでは、下巻でお会いしましょう。アリベデルチ！

二〇一五年七月吉日　　　　縞田理理　拝

この本を読んでのご意見、ご感想などをお寄せください。
縞田理理先生・まち先生へのはげましのおたよりもお待ちしております。
〒113-0024　東京都文京区西片2-19-18　新書館
【編集部へのご意見・ご感想】小説ウィングス編集部
【先生方へのおたより】小説ウィングス編集部気付　○○先生

【初出一覧】
ペテン師ルカと黒き魔犬：小説Wings'14年秋号（No.85）〜'15年冬号（No.86）
魔術師と獣の王：書き下ろし

ペテン師ルカと黒き魔犬〈上〉

初版発行：2015年8月10日

著者　縞田理理 ©Riri SHIMADA
発行所　株式会社新書館
［編集］〒113-0024　東京都文京区西片2-19-18
電話(03)3811-2631
［営業］〒174-0043　東京都板橋区坂下1-22-14
電話(03)5970-3840
［URL］http://www.shinshokan.co.jp/
印刷・製本　加藤文明社

ISBN978-4-403-22090-6